Seba・蝴蝶

Seba・蝴蝶

Seba・蝴蝶

Seba・蝴蝶

蝴蝶館 26

荒厄
〈卷一〉

Seba 蝴蝶 ◎ 著

elegantbooks

楔子・被深淵凝視

「……我都不敢看天花板呢，好可怕。蘅芷，妳有沒有在聽呀。」眼前的美少女推了我一下，我大夢初醒的趕緊點頭。

「有有有，我在聽。妳剛說妳家的浴室有問題。」

「什麼有問題而已。」雪紫哀傷的嘆氣，「鬧得好凶呢。陰陽眼真的好麻煩……」

圍在她身邊的同學又好奇又同情的嗡嗡作響，談著各式各樣驚悚的經驗。

我低下頭，裝作用心的撫平裙褶。在這片稚嫩的聲音之上，還有高亢的笑聲飄盪著。

「看看我啊『靈異美少女』。」黑霧構成的人面大鳥又開始她的惡作劇，將美麗的臉孔貼在雪紫的眼前，「先看到我再夸談靈異吧，白痴！」

「……跟妳說話，妳都不回答。」雪紫在黑霧那頭忽隱忽現，一臉不滿，「妳不相信我，是不是？」

在這樣嚣鬧中要聽清楚她說什麼也不容易，我真的盡力了。「沒有的事，我當然相信……只是我沒什麼經驗可以分享。」

人面大鳥笑得更尖銳高亢了，害我只看得到雪紫的嘴一開一闔，根本不知道她在說什麼。

「算了雪紫，別理她啦。」其他的女同學將她拉走，「跟她有什麼好講的？」她們成群結伴往廁所的方向走去。

人面大鳥沒跟上，只是飛回我的左肩棲息。「她們說妳是謊精、白痴，神經有毛病。」非常惡意並且熱切的想看我有什麼反應。

但我只是掏出課本，開始複習剛剛沒辦法好好聽講的國文。

她非常失望，「妳一聲令下，我就可以取她們的性命。她們才是說謊者，說謊者！明明什麼都看不到的愚魯之徒，卻妄自虛話！」

「她們都還是小孩子，希望被注目。偶爾有些幻想又不傷大雅。」我在心底回答，「別亂了，荒厄，走開點，妳的羽毛擋住我的課本了。」

但看起來惹怒她了。她將臉逼在我眼前，大吼大叫，「快發怒啊！快生氣啊！讓我去殺人，殺成一片屍山血海！快下令啊！充什麼聖人?!她們討厭死妳了，那個叫雪紫的白痴還故作姿態，說她不理妳的話，就沒人要當妳朋友……如此虛偽、如此淩駕而鄙視！妳若是個人就生氣啊～」

我想趕開她，但旁人瞠目看著我朝空氣胡亂揮手，我只好尷尬的一拍脖子，咕噥著「有蚊子」試圖混過去。

已經夠不正常了，不需要更多注目，真的。

「我讓妳去殺誰妳就去殺誰？」我死盯著看不到半個字的課本，在心底問著。

「當然，當然！」她狂喜的臉孔離我非常非常的近，血紅瞳孔裡露出強烈的貪婪。

「那好。」我嘆了口氣，「請妳去幫我殺掉一隻戾鳥。名字好像叫做『荒厄』……」

她凶猛的瞪著我，流露出強烈的恨意。一言不發的，她重重的重新棲息回我的左肩，故意重得讓我沉了沉肩膀，銳利的爪幾乎咬進肉裡頭。

我知道她樂意為我殺死任何人，為了滿足她自己血腥的願望。但這可不包含她自己。

這就是我所處的「現實」。和一隻種族為戾鳥的妖怪，綁在一起，也所以，跟裡世界，總是相隔得不夠遠。

身為一個人類，這真是太不幸了。

之一　因緣

對她或對我，都是一種不幸的因緣。

她原本是貪食嬰兒或年輕男子血液的妖怪，擁有著女人般的胸脯和女人般的臉孔，兩者都極為妖美。自由自在，肆無忌憚。

之所以會名為荒厄，也是因為她的存在本身就如其名。

至於我，我本來應該是個普通的人。既缺乏天賦，也沒有靈感。若勉強要找出什麼不一樣的地方……據說我是個好吃的食物，從異類的眼光而言。

就因為這樣微不足道的小特點，讓荒厄在屋外晒過夜的衣服上留下記號。不巧的是，另一隻戾鳥也幾乎是同時的留下記號。

當時的我，才剛滿七個月。我母親十六歲就生下我，而我父親已經三十三歲，是補習班的老師。

英俊暴躁的導師和聰慧美麗的女學生相戀私奔還生下小孩，看起來實在非常漫畫情節，還是少女漫畫。但現實往往很殘酷。

我姓林，叫蘅芷。這個名字和生命就是母親給我的所有，之後我再也沒見過她。據說，就在我滿七個月的那一天，她就回家，和我父親離婚，並且出國去了。

就在那一天，也發生了扭轉我一生命運的奇異經歷。

荒厄說，過了午夜，她前來收取屬於她的「食物」（據說是我）。

但在搖籃邊，已經有另一隻戾鳥虎視眈眈了。戾鳥會名為戾鳥，就知道她們並非是啥愛好和平的善良種族。兩隻戾鳥各自主張食物的所有權，平分和合作從來不是她們種族的優點。

於是這兩隻戾鳥大打出手，最後兩敗俱傷……對不起，受重傷的只有荒厄，另一隻戾鳥死掉了。

重傷的荒厄倒在我旁邊，離死只有一線，連吃我的力氣都沒有。

傷到這種地步，她焦慮的等待我的母親到來。現在的她只夠解體然後潛伏在完熟女子的子宮，等待女子的下一胎，成為虛妄的雙胞胎之一，才夠力氣重獲肉體和自由。

但很不幸的，就在那天，我母親決定和我父親離婚，已經跑回娘家了。所以她只能眼睜睜的看著自己的性命漸漸流失，和哇哇大哭的我大眼瞪小眼。

既沒有力氣離開，也沒有力氣叫我閉嘴。

直到第二天中午，我祖母才邊罵邊進房，俯身抱起我。雖然有點過熟，並且年過五十，但總比一點希望也沒有來得好。

生命火花即將熄滅的荒厄，鼓起最後的力氣，將自己解體成黑霧，想要侵入祖母的子宮……

「但是她……她……她……」每次說到這裡，荒厄就眼淚汪汪，不斷抖著粉嫩的唇，「她居然……」

「她居然沒有子宮。」我無奈的幫她補充。據說我祖母因為生病，所以四十幾歲時切除了子宮。

聽了幾百萬遍，我都會背了。

也如前幾百萬次相同，荒厄會哇的一聲放聲大哭，聲震屋宇的。

於是，她極度不甘願的，附身在我身上。因為當時的我實在太小了，所以她必須用「誓」與「約」這樣的形態，成了我另一種形態的保護者。

但她說得實在太難懂，這麼多年我也沒搞清楚過。我只知道就像某些人會自主性的養小鬼，而我是非自主性的養大鬼。

但別人養小鬼為的是權勢或財色，搞不好還有點搞頭。我用生氣和影子養荒厄，卻只讓我的童年異常悲慘，直到現在，高職都快畢業了，還有人會罵我是「謊精」或「災神」。

不過，生命自會尋找出路。我終究學會怎樣隱瞞她的存在，試圖正常的過日子。

即使她的存在如此真確，不容質疑。

我的祖母並沒有親手養育我。她是個很忙的人，沒空替兒子收拾殘局。於是我在各個保姆家流轉，從來沒有待太久。這種情形直到我周歲學會說話，越演越烈。

在喋喋不休的荒厄耳濡目染下，我很早就學會了語言，卻缺乏道德和自主意識了解自己說了什麼。而人類，總是有各式各樣不怎麼可愛的小祕密，是不希望別人知道的。

滿周歲不久的孩子實在不懂這些，只會呆呆的重複荒厄洞察人心的那些惡意，在我還不知道「外遇」、「墮胎」這類話語之前，已經說了好多遍了。

聽說造成很多家庭失和或潰散，實在很抱歉。但我真的完全不知道。

沒有失和和潰散的家庭堅信我說得都是謊言，認為我是個「令人毛骨悚然的謊精」，不過沒人覺得一個年紀這麼小的孩子用語如此成熟有什麼奇怪，他們歸咎於電視，和各自的家庭教育。

祖母和父親認為是保姆家的錯，保姆們認為是家教不好。至於當時的我，只覺得茫然。開口說話似乎是不好的行為……總會帶來責打和辱罵。我學會不講話，只會搖頭和點頭，並且對荒厄的喋喋不休聽若不聞，不再跟她說什麼。

這點讓悶翻天的荒厄非常憤怒。她選擇性的忽視誓約，所以我常常看到各式各樣的異類，偶爾還會被傷害。

我就在這樣動盪不安當中上了小學。我想，若不是這時候我老爸決定再婚，說不定我會成為一個憤世嫉俗、痛恨世界的死小孩。

在後母嫁過來之前，荒厄不斷的恐嚇我，說後母會用開水燙小孩，切小孩子的手指頭，一定會把我虐待到死。

「所以最好讓我把她殺掉。」她誘哄著，「這世界上只有我對妳最好，主人。妳最好了解這點。」

但我不相信她。隔壁的小黑狗咬了我一口，我大哭的時候，荒厄說她可以幫我殺掉小黑。

我答應了她。結果小黑在我面前爆炸，成了一灘爛肉。有些血跡還濺到我臉孔。

大人都說小黑狗是被車子碾過去，只有我知道事實的真相。而且荒厄狂喜而滿意的舔舐著爛肉和血跡，那原本是條活生生的小狗。

雖然還是個小學生，但我真實的知道「死亡」是怎麼回事了。不像卡通演的那樣，爆炸還會灰頭土臉的爬起來。

從那時候起，我就不相信荒厄了。

雖然害怕後媽，但我不想讓任何人死掉。

後媽比我爸還大十歲。她並不美，胖胖的，和我同學的媽媽很像。荒厄尖酸的批評，說我爸是因為想少十年奮鬥才娶了一個年紀這麼大、如此平庸的寡婦。

她真的是個很好的人。我再次的相信荒厄說的話不可以相信。她或許不漂亮，但她的心很漂亮。

她帶著一種困惑但溫柔的心情接近我，成為實質上的母親。

「她有自閉症，不用管她。」我父親說，「給她吃穿就好了，她自己會去上學。對了，不用管她說什麼，一嘴謊話，教都教不會！」然後惡狠狠的瞪我。

「……小心車子。」我怯怯的說。

「閉嘴！觸霉頭！」他一巴掌就要打過來。後媽拉住了他。

「孩子也是關心你，別這樣。」她苦心勸著。

當天傍晚，父親一跛一拐的走進家門。他被機車的支架壓到腳，一進門就想揍我。

我猜後媽也是害怕的，但她護在我前面，不讓老爸打我。

她當了我五年的媽媽，讓我安度過整個小學時代。我不知道她有沒有察覺荒厄的存在，但她溫柔卻肯定的要我把這種天賦藏起來。

「像個一般的孩子長大，好嗎？」她摸著我的頭，「或許妳必須說謊才可以像個正常人，我准妳說謊。說謊的罪過……由媽媽來就好了。」

我很難過，真的。我真的很喜歡她。

但她來的時候，我就知道她只剩下五年的歲月。荒厄可能什麼都會說謊，但預言災難和促壽總是那麼熱切的真實。

她臨死前緊緊握著我的手，那麼不放心。頭七的時候回到家裡，坐在床前哭了一夜。

爸爸其實對她不好，我又是那樣陰暗的小孩。

「媽媽，」我跟她說，「現在妳知道我沒說謊了。」荒厄在我肩膀上發出驚人的狂笑。

她點頭，不斷的哭。

「只要妳明白我就好了。」我堅定的跟她說，「媽媽，妳放心。我會努力說謊的成為一個正常的人，並且好好的長大。」

我想，後媽下輩子一定會投胎到好人家，她這樣一個善良的好人。雖然遇到很多挫折，但只有她相信我，我就覺得，還可以撐下去。我不會讓她不放心的。

* * *

當然，不可能一開始就這麼順利的。

當時我還很小，對於傷害和死亡都很畏懼。我會忍不住開口提醒，災禍成真我就成了「烏鴉嘴」，沒有成真就成了「謊精」。

漸漸的，我領悟到，每個人都有自己的命運，試圖插手是不對的。身為一個人，就不該跟裡世界有因緣。荒厄會這樣試圖引我往血腥和瘋狂的道路走去，實在是她的天性所致。

困在我身邊，她的天性完全得不到滿足。她想重獲自由，最好是我被血腥和瘋狂玷污，然後生下第一胎的孩子。

開玩笑，我怎麼可能讓她如願。

她想用預言讓我被孤立，繼而憤怒，然後瘋狂。但這世界上有個人知道真相，即使是個死去的人，對我而言就夠了。

但這樣的了悟，是在人際關係崩壞，無數愚蠢和孤立中學會的。我的國中生涯過得非常糟糕，在荒厄和異類的攪擾下也很難念好書。更不要提同儕愚蠢的排斥和孤立。

不過我熬過來了。雖然只考到高職，將來大約只能當個小會計……但我熬過了那段青澀，早早的成熟了。

坦白說，異類，甚至荒厄都不能實質上的殺害我。可惜沒有這種精確統計，不過就我所知，被異類殺害的人，還遠不如被人類所殺害的人。

恐怕一百萬個死人裡頭，異類真的能動手的還沒十個。

像荒厄這樣可以直接食人的異類，很少，非常少。其他的異類頂多就影響你的心靈，在脆弱的時候試圖讓你自己走向死亡。

但你若不要承認他們的存在，不要相信他們的誘引，多曬曬太陽，將頭抬起來，真的什麼也傷不到你。

我高中的生涯，因此平靜許多。當然荒厄非常不滿，因此常常大吵大鬧，更加惡毒和諷刺。

但她頂多就只能這樣而已。

等我想通了以後，世界因此也不太一樣。我比較能夠容忍和寬厚的看待同學們喜愛恐怖和靈異的嗜好。

渴望與眾不同，希望能夠看到另一個詭麗的世界。這是另一種冒險的欲望，無可苛責的。

如果我沒有這種命運，說不定我也跟他們一樣。

但我在穿衣鏡前審視自己的時候，只會苦笑，黯淡的。

我從鏡裡看到一個面黃肌瘦，個子不高、臉上有著痘疤的灰敗女孩，戴著厚厚的眼鏡，左肩卻有隻奇異的、黑霧組成、老鷹大小的戾鳥。她有著妖美的臉孔和飽實的胸脯，銳爪抓著我的肩膀，長長的漆黑尾羽及地。

看得到異類的就看得到她。但真正看得到異類的人……或說和裡世界有因緣的人，非常非常的少。

絕對不是雪紫，或者是聚在一起說怪談的那些人。

相反的，他們會迴避我的左肩，盡量不和人談及這類異事，更多的將頭埋在書裡頭逃避這個世界。

我們不用說怪談，因為就生活在怪談中。

甚至，我們這些人也盡量避免交集。我猜是異類將我們都教育得很徹底而且極好。

只有一回，就只有一次。即將畢業的學姊，遲疑的交給我一個護身符。我們幾乎沒有交談過。

「我不能拿，」我點頭致謝，「但還是謝謝妳。」

「……說不定……或者妳願意找人……」她的眼神迴避我的左肩。

「沒用的。」我溫和的說，「但我真的感謝妳。」

「……不要去看，很快的就會不見。」她下定決心似的說，「我已經看不到了。」

「恭喜妳。」

她想笑，卻反而嘴角下彎。我懂的。

「妳很快就會完全看不到了。」我溫和的說。

她深深看了我一眼，眼神是種溫和的絕望。「或許吧。」

我知道她會斷絕這種因緣。點滴之恩，必當湧泉以報，這是我的原則。

命令荒厄斷絕她的「因緣」時，她非常非常的憤怒。但沒辦法，她還是得照做。

就像我不想要這種因緣，她也無法抗拒。

後來我聽說原本陰沉內向的學姊，上了大學像是變了個人，神采飛揚，還被說是陽光美人。說真話，我真的感到很安慰。

就算因此大病了兩個月，也覺得太值得了。

這世界還是很美好的。

之二 符殃

我坐在玄關脫鞋子。

可以的話，我是不想回來的。可惜沒有這麼心想事成的好事兒。所以，那個女人冷冷的睥睨著我，充滿敵意的問，「妳回來幹什麼？」我也只能沒好氣的抬頭看她。

「據說我爸住在這裡。」

她的表情更厭惡，扭曲得連她懷裡的嬰兒都驚嚇得大哭不已。她這才放下憤怒，轉為一臉慈愛哄著她的親生孩子。

這個女人，就是我的第二任繼母。自從我後媽過世以後，繼承她所有遺產的老爸，一下子就有錢起來了。不但開了一家很大的補習班，還娶了個非常年輕漂亮的太太。

真是春風兩得意。可惜漂亮的只有外表，內在實在是……

不過那是我老爸的事情，不是我的事情。

「回來做什麼？」孩子不哭了，她冷冷的問。

「妳這個月的生活費還沒匯給我。」我回答，「而且有張通知書要給老爸簽名。」

「我沒空去匯。」她輕蔑的說，「晚幾天又不會死。」

「本來是不會。」我設法有禮的回答，「但我要繳報名費。我要考大學了，黃阿姨。而且妳已經晚了二十九天，不是沒辦法我不會回家要錢。」

妳若不想我回家來，那就每個月按時寄錢給我。這個女人非常討厭我，她在我國三的時候嫁入家門，想方設法讓老爸更討厭我，最後乾脆讓我出去住，每個月寄錢給我。

有了孩子以後，變本加厲。不過我也很意外，蛇蠍心腸的女人也會愛自己小孩，原來「虎毒不食子」不是成語而已。

當然，那個「子」不包含前妻子。她和我後媽是不同的。我後媽是個真正的好人，她嘛……我只能說人類個別差異非常非常的大，最惡毒與最好，相差宛如雲泥。

荒厄在我肩上發出狂喜的高亢笑聲，她可喜歡這女人了。

「當年我若能寄生在她的胎裡，我將會成為無人可敵的偉大妖魔！」她熱切渴望的看著黃阿姨。

「多可惜啊不是嗎？」我在心底譏誚，「但無人可敵的偉大妖魔卻只能被我綁著，還得聽從無用懦弱者的命令……真是令人悲痛的命運。」

荒厄的指爪攀得更緊一些，幾乎要掐進肉裡頭。直到我輕輕悶哼一聲，她才獰笑的放鬆些。

我年紀越大，就越克制不住荒厄。我想，隨著我的成長，她也像是個腫瘤般日漸茁壯、擴散。在我年紀還小的時候，她會拚了命設法隔絕異類對我的傷害。當時的她元氣未復，得靠宿主保護。

但現在，我十七歲了。休養生息了十七年，她越來越強壯，已經可以跟我勢均力敵了。她開始反抗、違背我的意思，而且抓著誓約的漏洞不放。

畢竟她當初的誓約只是要讓我活下來，但是沒了四肢也是活得成，成了植物人也是活著。被她陰暗的妖氣聚集而來的異類越來越虎視眈眈，但她也越來越袖手旁觀。

所以我和裡世界也越來越接近，卻一點辦法也沒有。

不發一語，我走入自己的房間。即使門窗緊閉，還是積滿灰塵。我開始打掃，空氣中充滿塵土味道和輕微的腐敗。但在我房間，腐屍味已經是最輕的了。

那是種貪婪的腐敗。混雜著嫉妒怨恨和貪欲。就從黃阿姨的身上無止無盡的冒出來，讓人無法呼吸。

打掃完畢，打開窗戶。我坐在床單上環顧房間。這是後媽為我布置的，她堅強的愛留在這個房間保護我，所以我在這個名為「家」的醜惡地帶還有立足之地。

只是她過世太久了。母愛的香氣隨著每一日漸漸薄弱。

「我討厭這個房間。」荒厄厭惡的縮了縮。

「我知道。」冷冷的回答她，「承認吧，妳怕這個房間……事實上，妳害怕我後媽。」

她大怒，恨不得讓我的肩膀再次瘀青……但卻只是虛弱的握緊一點，不敢肆無忌憚的掐住，並且露出畏怯的神情。

荒厄害怕我後媽。我那個胖胖的、長相平凡的後媽。她不得不跟我生活在一起，但後媽伸手摸我的頭時，她都會驚慌失措的試圖離遠一點。

當然啦，荒厄不會對我解釋。但據我觀察，荒厄非常害怕某些人。比方說，幫我健康檢查的醫生。那位醫生耐性的替我檢查聽力，困惑的告訴我，我的左耳幾乎聽不見什麼了。

而醫生一接近我，荒厄嚇得縮成拳頭大小，盡可能的遠離醫生。

「這樣不行呀。」醫生看著檢查報告，「妳要跟父母親說，並且治療才行。妳聽得見我說什麼嗎？」他仔細的觀察我的神情。

「我每個字都聽得很清楚。」我跟他保證。我當然知道，我的左耳很可能失去作用了。被荒厄這樣疲勞轟炸、喋喋不休了十幾年，我早就知道左耳可能會聽力受損，所以並不意外。

但荒厄損壞了我一耳的聽力，卻也代替我那個耳朵。

「有沒有氣泡聲？還是隆隆作響？」他仔細的問，眼中出現溫暖的悲憫。

啊。我終於知道荒厄為什麼這麼怕他了。他就跟我後媽一樣，都是真正的「好人」。不是那種唯唯諾諾，為了害怕才當「好人」的那種。而是內心有種信念，信仰良善的好人。

所以什麼天賦都沒有的醫生會讓荒厄怕得這麼厲害，所以什麼都不會的後媽可以保護我這麼多年，從生前到死後。

所以荒厄試圖讓我成為一個惡徒，想盡辦法用血腥玷污我。

但我是不會讓她如願以償的。即使當不了那樣崇高的「好人」。當天老爸很晚才回來，看到我的時候皺緊眉。坦白說，我並不想留下過夜，但幾乎他一踏進家門就下起轟然的雨。

他非常勉強的幫我簽了名，更勉強的要我留下過夜。他美麗的妻子站在他身後，露出更可怕的表情，腐敗的惡臭窒息般撲了過來。

「我明早走好了。」我設法在屏息的狀態下正常發聲，「但是爸爸，明天我得交報名費，不能拖了。」

「阿姨沒匯錢給妳？」他的眉頭皺得更緊，回頭看他美麗的妻。

「我忘了。」她聳肩，「遲了幾天而已。」

「我身上有存摺，補摺到昨天。」我客氣的說。

她氣得臉孔發青，「……妳眼中只有錢？」

我趕緊退讓，在成年之前，還是別真的扯破臉。「我先去睡好了，晚安。」

彼此都相當討厭。到今天老爸沒斷絕我的經濟來源，實在是因為我沒犯什麼錯，他怕人家講話。

很早我跟老爸就有種默契在。他不想要我這個女兒，我也不想跟他有所牽扯。他不得不撫養我，我不得不依賴他。只要我不要惹什麼亂子，安分待在他視線之外，他就樂得用不多的錢打發我。

前提是我別觸怒他的妻子。

這種家庭，這樣的家庭。我嗤笑。但沒辦法，命運就是這樣。我還得感恩不會更糟糕，最少他還願意養我。

現實面如此，而另外一面，我更得不到任何幫助。

這個時候我就滿羨慕家庭完整的同學。惹了什麼亂子，闖了什麼禍，都有家庭可以支援。自己白痴去觸怒了異類，就會有叔叔阿姨或伯伯剛好認識什麼大師或上人可以幫忙解厄。

而我被荒厄這樣糾纏，卻只能孤立無援的自己想辦法。

唯一可以保護我的，只有後媽。而她已經過世了。

坐在床沿眨著眼，我慌亂粗魯的找面紙，在抽屜胡亂的翻著，卻翻出一個陳舊的彈弓。

看到那個彈弓，眼淚完全止不住，嘩啦啦的掉下來。

這是後媽送我的第一個禮物。送給我的時候，我完全不會用。但隔壁的那對兄弟都有，而且很開心的打著錫鐵罐，打中就大呼小叫。

我跟他們借，他們悍然拒絕。說不跟謊精說話。

後媽把哭得一塌糊塗的我牽回來，第二天就送了我這個漂亮的彈弓。

深深吸了幾口氣，我用袖子抹去眼淚。明天我要把這個帶走，當作一個紀念。我要提醒自己，我不是沒人要的小孩，後媽一直很愛我，我也答應要讓她放心的。

把睡衣找出來，我決定先去洗個澡，好好睡一下。畢竟明天一早我得趕去學校。

我的房間是個套房，有個可以淋浴的蓮蓬頭和衛浴設備。扭開蓮蓬頭，正在等水熱的時候，我聽到浴室的天花板突然嘩啦的掀起了一塊。

「……荒厄。」我輕輕的喊。但她沒有跟進浴室。衝過去想把門打開，卻發現門把可以轉動，但門像是跟牆壁合為一體，動也不動一下。

我僵著，不敢抬頭。蓮蓬頭的水不斷地噴灑，卻冰冷的一點溫度也沒有。強烈的視線感從天花板的空缺直視而來，說什麼我都不肯抬頭。心跳得很快很快，像是擂鼓般撞著我的肋骨。

「荒厄！」我尖叫，「我命令妳……」

感到左肩一沉，我感到一絲安慰，轉頭過去……我不該轉頭的。

一團黏糊糊的爛肉，依稀有著皺縮的五官輪廓。他蠕動著，摸著我的臉，傳來潰爛的觸感。睜開沒有瞳孔的眼睛，對著我的臉，發出尖銳的兒啼。

那瞬間，我被恐懼抓住了。

就像是冰冷從脊椎灌入，讓我四肢完全的僵直並且癱瘓。我結結實實的摔倒在磁磚上，若不是帶倒了身後的三角架，可能直接摔爛了腦袋。

這一摔雖然非常痛，脖子大概也扭傷了，但讓我清醒了一點點。我用力揮開那個爛成一團的嬰兒，強迫自己抬頭看著天花板的空缺。骯髒污穢的血水從那個破洞傾盆而下，馬上就淹過了我的腿。

手腳並用的，我爬向門，用力撼動，門還是動也不動。

「荒厄，荒厄!!」我搥著門大叫，「放我出去！」

接下來我連話都說不出來，從污穢的血水中伸出無數的頭髮，勒緊了我的脖子，越來越高亢的兒啼讓我連自己的聲音都聽不見。

空氣。我要空氣。我覺得臉孔發脹，耳朵砰砰直響，心被恐懼緊緊的掐緊。我只能一下下的抓著門，血腥和塵土。啪的輕響，浴室一點光也沒有。

我被埋起來了。這就是被埋葬嗎？我在自己的葬禮之內嗎？

「開……開玩笑……」可能是怕到一個頂點，我反而非常火大，「你們憑什麼在我媽媽的房子裡埋掉我？憑什麼?!媽媽，媽媽！」

我一面大叫，一面用力撞門，踉踉蹌蹌的，我狼狽的跌入自己的房間。

他在浴室的門後看我。用沒有瞳孔的眼睛。

我慌亂的往後退，一直退到窗戶前，而他遲鈍的，搖搖晃晃的走過來。血水化成一團團爛泥似的「人」，嘔啞嘶嚎的，半走半爬。

緩慢而堅決。

我爬上窗台，不斷發抖。不僅僅是害怕，更重要的是冷。沒人會穿著衣服去洗澡的，我現在可是一絲不掛，雖說也沒什麼偷看的價值。

他們已經逼到窗台下了。我再往後退，就只能跳樓。但這可是十四樓啊！

我把腳縮到窗台上。

「……別過來。」冷風吹過，一陣哆嗦，但他們已經摸到窗台了。我幾乎想爬過欄杆跳下去算了……

好歹也穿件衣服跳吧？這樣跳下去太羞了。是說摔成一團死肉還有什麼好羞的……

但是等等，我為什麼要跳下去？因為「分心」，所以被強烈恐懼主宰的心智開始運轉了。

我手一撐，按到彈弓。

「滾開！」我對他們吼，「不然我就用我媽媽的名義，把你們滅個乾乾淨淨！」

抓著吊燈看好戲的荒厄瑟縮了一下，那群怪異的異類也頓了頓。

雖然香氣日漸淡薄，但我心中的後媽一點也沒有淡去。她還在保護她沒有血緣的女兒，連死亡也沒有隔絕她的愛。

抓起沒有彈子的彈弓，我對著那個怪異的嬰兒「射」了過去。他發出尖銳恐慌的大叫，滾著哭著喊媽媽。其他泥狀的異類如惡臭的潮水般退去，喃喃地哭號，喃喃地痛苦。

「真殘忍，真殘忍！」荒厄大叫，「妳永遠也不會成為好人！他們也是痛苦不堪的希望一點安慰而已，妳卻這樣毫不留情的殺滅他們。」

我又發出一弓。高亢而激憤的喊，「沒錯！我永遠都不會成為好人！但我也不會成為惡徒！別想在我這裡拿到任何安慰或者解脫，門都沒有！是我的錯嗎？都是我的錯嗎？屁啦！受威脅的是我的性命，被傷害的是我！誰要殺我我就暴虐的殺回去，因為我什麼都不會！包括妳在內，荒厄！就算用拖的我也會把妳拖到地獄去一起死！」

我才不管呢。在這個家裡，唯一保護我的，只有死去的後媽和我自己。我管他會不會反噬，會不會毀掉什麼東西。我管他這個充滿貪婪惡臭的家會不會毀滅。

這是第一次，我做得這麼絕。因為這是第一次，荒厄徹底違反我。我和荒厄綁在一起太久了，受她影響太深了。以前我會顧慮，現在還管什麼。我不但粗魯的將所有的惡符都找出來，還找到黃阿姨養著的小鬼壇。

然後破壞的乾乾淨淨。

以前我會擔心，會覺得既然就要離開這個家，就不想破壞這個家庭的完整。之前黃阿姨那些不成熟的咒法，荒厄能擋，我就不想跟她計較。

但我終於瞭解到，荒厄不是站在我這邊的。她根本是陰險狡詐，浸淫於血腥的狂喜中，巴不得我受到任何傷害，只要留口氣在就行了。

現在符壇兩毀，她就等著反噬吧，等著自己的孩子成了孤兒吧。

我拒絕這種罪惡感必須由我揹起來，因為我不是好人。作惡的不是我，荒厄敢對我大小聲，我絕對不會對她客氣。

那一天，我完全沒有睡。我知道因為我沒有所謂的「修行」可以支撐這些破壞，所以必須用我的生命力去補。但高漲的怒氣讓我忽略又咳又吐又發燒的病痛。

* * *

第二天，這屋子的人沒有一個心情好。

但我等到父親出現才告辭，現在呢，也用不著任何禮貌了。

「老爸，」我在一長串幾乎把肺咳出來的咳嗽終止後，嘶啞的說，「你若可以，找個律師商量一下，說我要拋棄所有繼承權，我什麼都不要。只要你支持我念完大學就可以了。」

他張大眼睛，不太自在的。「妳在說什麼？」

「我說，我只要念完大學就好，學費我會去助學貸款，你只要養我到大學就可以了！」我又咳又吼，「叫你老婆別再養小鬼和弄什麼符了！讓我好好活著行不行?!我什麼都不要了！」

「妳胡言亂語！」黃阿姨對我尖叫。

「是哦。」我擤了擤鼻涕，冷笑一聲。「妳的符和壇都讓我燒了。否認也好，承認也罷。妳若不想搞到小孩成孤兒，早點作預備吧。」

我轉頭，發現她的臉白的像紙。

真的再也忍受不了了，這樣的家庭。

我對她大吼，「別再惹我！聽到沒有，別再惹我！妳自己有小孩，想想那也是別人家的骨肉！我求求妳也積點陰德吧，最少也替妳小孩積陰德！」

大踏步的，我摔了大門走了出去。

*　*　*

後來？

沒什麼後來。我沒再回到那個家，什麼也不要了。

聽說黃阿姨出了一場嚴重的車禍，不但破了相，終其一生都是跛子。但我覺得已經很幸運了，膽敢操弄鬼神，這樣的下場已經很仁慈了。

她雖然一再分辯，但我父親說了什麼，我也不知道。我完全不關心他們。他們也不想見我，來找我的只有律師，每個月倒是按時寄上生活費，再也沒有遲過。

我和他們，所有的緣分，就這樣了結了。

荒厄變得怕我，而且非常恨我。她常惡毒的預言，我永遠都不會是個好人。

那又怎樣？

「荒厄，我也預言妳的未來。」我學著她的口氣說，「妳永遠也別想有出生的機會。」我已經下定決心，「我要用這人生捆住妳，直到我死，讓妳腐朽在我的屍骨之中。」

「……妳不能這樣對待我！」她驚恐的尖叫。

「妳等著看好了。」我冷笑，「妳等著看。」

她和我都知道，這個預言，必定成真。

之三 無知

高三的最後幾個月，似乎在一片慌亂中結束。或許理性是種良好的屏障，隔絕了諸多異類。也可能是，經過我發那頓脾氣以後，荒厄對我格外的小心翼翼。

我想，她大概希望經過她良好的表現之後，我能夠重新考慮那個不祥的「預言」。

「……戀愛是很美好的事情。」絞盡腦汁，她勉強擠出這個虛弱的理由。

「是哦？」我目不斜視的盯著課本，一面翻著參考書，「妳怎麼知道？妳戀愛過？我懷疑妳字典裡沒有『愛』這個字。」

我想她的字典不但缺了「愛」這個字，大約所有關於良善面的字都沒有。想到那本殘缺的像是被蛀蟲咬過的字典……我忍不住露出微笑。

她大怒，幾乎在我左肩掐出瘀青，但這樣還是沒辦法打滅我打從心底愉快的笑容。

沮喪的沉默片刻，「……我以後一定會乖乖的。拜託妳別抱獨身主義。」

當然啦，我可以斷然拒絕。但是跟她相處這麼久，我承認，我的確也學得非常陰險狡詐，善於算計別人。想要人乖乖照自己的心意去做，務必要掐著把柄，而且讓她不要全然失去希望才是。

絕望會讓一個人不顧一切，戾鳥也是。

「這些都要看妳的表現而定。」我沒說好，也沒說不好，「還很難說。」

「我要一個承諾。」她熱切的打蛇隨棍上。

笑笑的看著她，直到她不太自在的轉過頭。「……就一個承諾而已。」

「我的承諾……妳知道的，我很誠實。」我繼續翻著參考書，「但妳的承諾卻比風還不可靠。除非妳讓我信賴，不然我不會給妳任何承諾。」她的神情陰霾，不能逼得太緊，「說不定會很快。妳我相伴十幾年了，我們彼此都很了解。」

她明顯的放鬆下來。

我要說，荒厄真的把我「教育」的很好，好到可以唬住她自己。

但我很謹慎，盡量不去差遣荒厄做任何事情。她散發出的陰暗妖氣不啻是異類最迷醉的罌粟香，雖然致命，卻是那樣的吸引人。現在的荒厄是種特別的存在，像是困在淺灘的海龍，或是拔光羽毛的大鵬。要吃她或除去她就只有這個機會，即使現在也難以逃脫她銳利的爪牙。

所以他們將眼光挪向宿主，這個看起來輕易很多的目標。

但我不再依賴荒厄以後，發現我自己也有一點力量。我讓荒厄吸取我太久的生氣和影子，所以也在我身上暈染了一點稀薄的妖氣。雖然總是要用我的健康去換，但我還是可以輕易的拉起沒有彈子的彈弓打得那些異類抱頭鼠竄。

能清理的我就自己清理，雖然我也因此「感冒」了整個冬天。說是感冒，還不如說是「風邪」。我們必須承認，古人相當的有智慧。

就在這種危險平衡中，我度過高三最後一個學期，迎接了畢業後的那個暑假。

這年的夏天來得遲，梅雨有氣無力的下了兩天就完畢了。雖說是七月了，但還是得穿著薄薄的長袖外套，因為風還帶著春天不肯遠離的寒意，而太陽又還埋在雲堆裡。

纏綿整個冬天和半個春天的「感冒」，終於開始有痊癒的跡象。我往脫皮的鼻子擦著綿羊油，面前擺著一杯冒煙的熱牛奶。

一切都還不錯。荒厄在我耳邊喋喋不休左鄰右舍的醜事和八卦，窗台幾隻鍥而不捨的小鬼兒蹦蹦跳跳，舔著玻璃窗上荒厄殘存的妖氣。彈弓在我伸手可及的地方，他們警戒的看看我，又看看彈弓，知道不去惹我，就不會被打得滿地亂竄。

這個危險的恐怖平衡終於維持住了。像是我逼迫荒厄對我低頭一樣，他們也願意承認不討皮癢是比較理智的選擇。

但這小鬼兒一天比一天少了。減少的速度似乎快了點。以前占據整個窗戶，望去一片驚悚又搞笑的場景——畢竟他們把臉壓在玻璃上是又可怕又好笑的——但現在卻只剩下半打。

大約是覺得沒搞頭，所以自己散了吧。我沒多想，捧起熱牛奶慢慢的啜飲。

突然發出的大聲響卻讓我差點被燙得要命的熱牛奶噎死。

這半打小鬼兒突然驚恐莫名的敲打著玻璃，發出恐怖的哭嚎。然後銀光一閃，我還沒看清楚是什麼東西，一隻小鬼就不見了。其他倖存的更發瘋似的大哭大叫，試著在荒厄妖氣形成的屏障底下，找到玻璃窗的縫隙。

銀光又閃，第二隻小鬼不見了。

我是不該憐憫他們的。他們虎視眈眈就是想把我弄瘋弄死，好有機會吃了荒厄。

但身不由己的，我打開了窗戶，那四隻小鬼衝了進來，躲在我的影子裡頭拚命發抖。即使我拿起彈弓罵他們，他們只是縮成一團，可憐兮兮的在影子中不斷磕頭。

風中帶著腥臭的氣味，像是某種爬蟲類，或是鐵鏽。

那銀光衝過來，我想也沒想就拉開彈弓，打得它一緩。

終於看清楚了。那是條宛如蛇般的東西。大約有我的前臂長吧？額頭上卻長了兩隻角。我瞪著它，卻深深的毛骨悚然起來。

在這似蛇的玩意兒臉上，一雙人類的眼睛在望著我。

我再拉弓，它卻靈巧的閃了過去，目標卻不是我。

它敏捷的抓住了荒厄，常常自吹自擂自己多麼厲害又多麼厲害的荒厄，卻像是癱瘓般，隨便它捲了去。

太突然了。

我立刻爬上窗戶，想要追過去……突然驚覺，我住的破爛小套房在九樓。我這樣跳下去雖然不會粉身碎骨，但小命一定完蛋大吉。

最近運氣太不好了，為什麼時時老是面臨跳樓危機？

小心翼翼的退回來，我看了我的左肩，空空無也，又再看了一次。

是，我討厭荒厄，和與荒厄綁在一起不得已的宿命。但我從來沒想到會是這樣荒謬而突然的結束。

我的左肩相當輕，輕得幾乎有點不平衡。

真的，我不知道我在想什麼。像是某種東西從我的血肉裡硬生生的拔掉，空缺了一大塊。

終於擺脫這種宿命，湧起的卻不是自由的甜美，而是莫名其妙的恐慌。

終於有人收掉她了不是嗎？我恐慌個屁。但收掉她的人是打算拿她做什麼？還有，她死了嗎？死之前有沒有受到什麼折磨？

我恨她。是啊，我恨她。但她相伴我十幾年了。相伴這個幾乎等於孤兒的倒楣鬼。

不，我不是希望她回來。我跟自己爭辯。我只是不能讓陌生人拿她為惡。我早就決定和這個災殃綁在一起，親手阻止她出世。

「荒厄，我命令妳立刻回來！」我一面往外衝，一面沒什麼意義的大吼。

左肩一沉。我甚至連門都還沒打開。她居然因為我的命令回來了！

她驚恐又害怕的望著我，我更恐懼的望著她。

不管抓走她的是什麼東西，都把她傷害得非常糟糕。她原本有女子妖美的容顏，但從鼻子到下巴，都被血淋淋的扯掉，露出垂到咽喉的舌頭，鮮血不斷的滴在一片爛肉的胸脯上。

長長的尾羽被拔的七零八落，異常狼狽。

「……荒厄。」我將她從肩膀上捧下來，抱在懷裡。她害怕得渾身顫抖。

其實，我真的不知道我在想什麼，為什麼不趁機把她甩掉。現在她虛弱成這樣，說不定擺著不管她她就死了。

她死了，我就自由了。

但我反而將她抱到書桌上，割破手指，讓她舔我的血。她困惑的舔著，小心翼翼的觀察我的表情。

我們彼此的情緒可以互相察覺，雖然不像語言那麼精準。但我們都很迷惘、困惑。

雖然沒有因此痊癒，但最少她舌頭縮得回去，傷口結了厚實的疤痕。一整個不成人形。

我將窗戶關起來，坐在床上發呆。在我影子裡還有四個瞪著我發愣的小鬼兒，我想他們也不知道怎麼辦。

「……妳睡吧！」荒厄的聲音嘶啞破碎，「我看著他們。」

「妳沒事嗎？」我衝口而出，她卻驚跳起來。

我們互望了半天，困惑越來越深。

「……會好的。」她飛離我的左肩，停在床柱上，努力梳理自己七零八落的羽毛。

昏昏的坐了一會兒，我自顧自的去洗澡，完全忘記影子裡的四隻小鬼。他們大約也嚇糊塗了，沒想到那是個絕佳的下手時機。

我一直到躺在床上才想起來，卻像是很不重要的事情塞到一旁。

得好好想想，好好想想。

為什麼，我會救荒厄，還有為什麼，我看到荒厄被傷成這樣，居然湧起非常洶湧的怒氣。

我要好好想想。

想破腦袋，我還是沒有結論。

最後我就把所有的困惑通通塞到一旁，當作沒這回事。我開始大量的吃青菜水果，並且吞維他命。荒厄若是遇到傷害，就會大量的汲取我的生氣。不想病死最好先做預防。

但讓我驚駭的是，那隻說有多邪惡就有多邪惡的戾鳥，像是突然知道「客氣」怎麼寫，並且身體力行。她只吸取了必要的生氣，而且客氣到把份量減半。這讓她的虛弱拖得更長，我不得不再次餵她我自己的血。

「……沒那麼糟啦。」她面對我的血，吞了口口水，卻還是遲疑的將頭別開。

……她是不是生病了？是說妖怪會長腦瘤嗎？

我咳了一聲，「就當作是捐血好了，促進血液循環。割都割了……很痛欸，妳好歹也舔一下。」她的口水有痲痹作用，最少不會痛得這麼厲害。

她這才怯怯的舔了起來，一面看著我的表情，一面像是有話想說。

拜託不要問我什麼問題，我自己都沒答案了，千萬不要問！

她大概感知到我的情緒，把問題隨著血液吞了下去。

過了幾天，她才恢復那種傲慢自大又聒噪的本色，很不想承認，但我寬心很多。

畢竟沒有看妖怪的醫院，真的長腦瘤我還真不曉得如何是好。

但我還是察覺她開始有些不同了。和惡毒的嘲笑與刻意的討好不同，有種微妙的猶豫不定讓她顯得有點擺盪。我猜她自己也不知道怎麼辦，所以用更聒噪的八卦壓過去，我相信左耳的聽力大概完全喪失了。

但我決心不去想那些。那只是一次意外而已，而我們就快離開這個都市了。

我的成績實在很差，但終生都在這種聒噪和干擾下要念得多好也有困難。但總是有學校要我。雖然是在非常遙遠山區的昂貴私立大學，念完我的助學貸款應該成就了

「債台高築」這句成語。

但我們總算是要離開這個都市和所有的災禍了。

雖然沒有什麼行李，但我還是得打包、叫貨運，自己去註冊和弄明白助學貸款怎麼申請。一年級要強迫住學校宿舍反而是好事一件，總比讓我在人生地不熟的地方找房子來得好。

別人的暑假都在玩耍，而我焦頭爛額的試圖在入學之前先理出個頭緒。

我心底擱了很多件事情，一一都要解決。這個套房要退租要跟房東聯繫，還得設法住到九月。一大堆原本是屬於家長的庶務都在我自己身上，我看著滿屋子的書傷透腦筋，還得設法先決定哪些要帶走哪些要賣掉……

更糟糕的是，這四個小鬼跟定我了，我一個人的生氣根本供應不了五隻異類，於是付出更多的健康。我這個「感冒」還沒完全痊癒就要進入更重的「風邪」，我擤鼻涕擤到脫皮了，抹綿羊油的時候痛得想哭。

「……妳擺個壇，讓他們棲身。」荒厄遲疑了一下，「不然妳會死的。妳死掉就是我死掉，好歹尊重一下這個身體我也有份！」她的聲音尖了起來。

我已經不想跟她爭辯了，「我去上大學的時候怎麼辦？我總不能在學校宿舍擺壇吧？」

「妳可以寄放在土地公那兒。」她很堅決，「我知道那邊的管區人不難相處。」

無力的看她一眼，吸了吸鼻子。當然不難相處。我親眼看過她驅趕地基主和土地公，完全沒有尊重人家是公務員。

「我從來沒擺過那種東西。」我抽起一張很貴的溼紙巾，心痛的擤鼻涕。當然我也不會指望荒厄教我，她哪肯教我什麼東西？她巴不得我最好病成植物人，好擺布太多了。

「我教妳。」

我想說話，反而噎到了，咳得面紅耳赤，差點吐出來。

她還真的教我怎麼擺壇，怎麼收納，還鉅細靡遺的教我怎麼使喚這四個小鬼。

「……我從來不想養小鬼。」我驚恐的說。

「這不是妳想不想的問題。」荒厄不肯看我，「妳救了他們，他們對妳立了誓。我們不是卑鄙的人類，發過的誓就會忘個乾乾淨淨。」

……我怎麼覺得妳對自己的「誓約」解釋得異常寬鬆？但我沒把這話說出口。

但實在沒想到，荒厄是個非常極端的人（呃……妖），又極度隨心所欲。當她心不甘情不願的立下誓約，就打定主意要讓我吃盡苦頭。但她想要極盡誓約的時候，又會大鳴大放，做到一點縫隙也沒有。

所以，撞到我又對我凶惡的路人，肩膀莫名其妙的脫臼。不耐煩的銀行櫃員立刻喉嚨嚴重發炎，連話都說不出口。

連我卡到麥當勞叔叔跌了一跤，她馬上把那個木偶炸得飛出長椅。

「……我拜託妳恢復以前那種沒心肝的模樣吧!!」我絕望的抱頭大叫。

她受傷的眼神像是在譴責我。「妳傷了我的心。」

我將臉埋在掌心，連嘆息都發不出來了。

*　*　*

我設法讓她了解誓約的底限，她則堅決的想把過去的疏失徹底彌補過來。我對這隻血腥又邪惡的戾鳥有了新的體認，妖怪真的比人類要直率太多。

但這並沒有讓我的處境好一點點。

這比她是個沒心肝的混帳糟糕太多了，我費盡唇舌才讓她了解，只有我請她幫忙的時候才出手。

我們幾乎是徹底的忘記那件災禍，荒厄更是絕口不提。她似乎感覺到很羞恥，只有次半爭辯半說明的含糊表示，龍是她的天敵，尤其那又是隻劍龍。

我狐疑的看著她。想到的是恐龍展裡頭那隻大蜥蜴似的劍龍。

「不是那種東西啦。」她沒好氣，也不打算多談。「反正窗戶關好就是了。」

雖然不明白，但我比一般的小孩懂事些。有些事情不用問就該徹底執行，不要為了無聊的好奇心送了性命。荒厄既然這麼說，我們就這麼辦吧。

但有的時候，躲不掉就是躲不掉。再怎麼小心也一樣。

就在要去學校的前一天晚上，我準備去樓下的7-11買包面紙。這是很尋常的事情，荒厄依舊霸占在左肩，跟我講第五間套房的男人同時和七個女人交往的過程。

我心不在焉的聽，真難為這傢伙時間安排的絲絲入扣，連劈七船，了不起。

下電梯出大門，對面就是7-11。這棟大樓在城東的一隅，算是商業區，許多辦公大樓。白天是很熱鬧，但晚上的時候就幾乎沒啥行人。這大樓破歸破，租金還是很驚人的。我可以用非常低的價格租下來，是因為我住的套房據說鬧鬼鬧得很凶。

但你知道的，我就生活在怪談裡，哪個小時不鬧鬼？那個女鬼也很虛，荒厄瞪她一眼，她就躲在輕鋼架上頭死也不出來，連個聲響都沒讓我聽到過。

一面胡思亂想，一面等紅綠燈。這是個豪華的六線道，有著更豪華的安全島，上面宛如小樹林。白天非常宜人，入夜不禁有些陰森。

隨便看了兩眼，自然是有異類棲息，但人不犯我我不犯人。只是我還是把手插在口袋裡，握著彈弓。

當她突然冒出來的時候，我差點一彈打下去。

那是個有些發育不良的女孩。等辨明她是人類，我就暗暗的嘆口氣。像我們這種和異類有因緣的倒楣鬼，通常會走兩個極端。不是一副風吹就倒、發育不良的樣子，就是胖得讓人印象深刻。

人嘛，總是有生存本能的。竭力抵抗的會心血用盡，當然消耗肢體和骨肉；領悟到抵抗只是徒勞無功的努力，為了不被吸乾生氣，就會被飢餓抓住，充分消化每一分營養而歇斯底里的留下太多的脂肪。

「靈異美少女」真的只是美好的幻想，百不得一。說不定林默娘是碩果僅存的一個？

或許是我「想」得太大聲了，荒厄噗嗤一聲笑出來。

那個女孩瞪大眼睛看著荒厄。她顫顫的舉手，「這裡。」我這才發現她旁邊有個高個子的苗條美女。

或許是黃阿姨的關係，我對美女總是有股深刻的偏見。還沒看到她揚起手，我就下意識的喊，「荒厄，躲開！」

不知道是我的命令還是荒厄應變得快，所以苗條美女揚手的那道閃光，並沒有碰到荒厄，反而在我肩膀上抓了一把。

我轉頭，左肩鮮血淋漓，衣服破了，皮開肉綻。那條長角的蛇一擊不中，又撲了過來，卻被撞得一偏——荒厄不知道撞了什麼邪，居然撲回來救我。

長角的蛇對她尖銳的叫了一聲，像是拉壞的小提琴，她居然軟軟的癱下來，任憑那隻長角蛇抓住她。

「荒厄回來！」她立刻回到左肩，我轉身，立刻跑進安全島的小樹林裡。

她嚇到整個失神了。我從來沒見過她這個樣子。張著嘴，茫然的盯著自己的爪子，瑟縮的蹲在我的左肩。

「妳沒事吧？」我氣喘吁吁的拚命跑，在心底問著。

她像是被嚇醒一樣，仔細看著血。「我抓傷妳了！」

「不！不是。」我盡量集中精神，雖然也夠慌的了。「是那個長角的蛇抓我的肩膀……她以為妳在這裡。我痛死了……妳把傷口清一下……」

「……妳是為了讓我喝血。」她哭起來，「妳幹嘛對我好？我總想著害死妳……」

「我不知道。」我煩躁的揮揮手，「我痛到快昏倒了，妳到底要不要清傷口?!」

不。最少不是現在想。先不要去想我幹嘛關心荒厄這王八蛋，現在最重要的是眼前的危機。

我還勉強可以對付異類，但……兩個人類？

那個苗條美女似乎看不到荒厄。我心底突然湧起這個想法。是發育不良那個才看得到。

先想辦法回家吧。是人類就受法律束縛，她們總不會撞破我家的門，最少我可以報警。

明明穿過安全島就可以到了，但這個安全島卻大到出乎我的想像。燈光在即，但我怎麼跑都是樹木。

人類造成的鬼打牆？什麼跟什麼呀?!

「這裡！」我聽到那個發育不良的傢伙喊。然後銀光又閃，我一把拽住荒厄，把她塞進薄外套裡面，用背挨了一次攻擊。

她尖叫，我簡直想把她掐死。長角蛇的力氣大得不得了，我讓他撞一下，最嚴重的不是後背的傷，而是我差點被他撞斷脊椎，跌倒在地時臉孔又撞上了樹，滿嘴的血。

我決定不跑了，跑有屁用。

「這是謀殺！」我吼了起來，「想殺我就自己來，我倒沒想到我會死在人類手上！」

她們倆愣住，那個發育不良的少女拉住苗條美女，「阿琳不要！」

那個叫做阿琳的美女狠狠地瞪她的同伴，等我被長角蛇抓了三四下才心不甘情不願的叫住。

幸好蛇不大，爪子也小。但我想我應該破相了。幸好不是什麼美女，損失不多。

「阿薔，妳太心軟了。」阿琳惡狠狠的教訓她的同伴，「除惡務盡！」

「是沒錯啦。」我插嘴，順便把嘴裡的血吐掉，「但也讓我明白我犯了什麼惡啊！」

她輕蔑的看著我，街燈透過樹蔭，已經不太亮了，卻夠讓我看清她的表情，「養鬼者。」像是在講什麼髒話似的。

「喔？」我抱著荒厄，「我得糾正妳一下。荒厄不是鬼，妳這是詆毀她身為妖怪的自尊。好吧，或許妳們認為這樣就是養鬼者……算了。但我們荒厄沒碰到妳們半下，妳養的小怪物卻把我抓得遍體鱗傷。我是養鬼者，妳不是？」

我還真的被荒厄潛移默化的極好，瞧瞧這種欠揍的口氣！

阿琳被我激怒了，想上前給我好看，卻被阿薔拉住，「不要不要！妳自己說只對壞人下手的！」

「她養妖怪！」

「妳沒有養嘛?!」

這下子，美女的怒氣往她的同伴發去了，她舉起手，像是要打阿薔。快吵吧，快打吧。我在心底祈禱。這鬼打牆若是她們搞出來的，她們一內鬨，說不定就鬆弛了這惡毒的巫術，我們還有逃出生天的希望。

沒想到阿琳制止了自己的怒氣，讓我在內心哀苦的嘆息。荒厄這該死的傢伙居然笑出聲音。

「……妳明知道不是這樣的。」阿琳悲傷的說。所以說，人正真好，這麼可怕又凶蠻，露出悲傷還是會讓大家原諒，管她是不是差點殺了我。「妳是御者，我是兵器。妳是我的眼睛，我的主人。我們前世就是這樣……難道妳忘了？」

「我……我……」阿薔似乎動搖了。

我趕緊插嘴，「原來妳們前世就搭檔當謀殺犯唷？」

「才不是！」阿琳對我大吼，「我們是破除所有妖孽的聖者！」

「那還真了不起，拯救世界就靠妳們了，是吧？」我諷刺的說。

沒想到她露出得意洋洋的神情，我真的被打敗了。連諷刺都聽不懂，笨成這樣……我決定重新評估她的智商。

「但這世界不見得需要拯救吧？」我擦掉又湧出來的血，「妳們要拯救之前，最少也問我一下好嗎？我快被妳們救到沒命了。」

美女總是很笨，但阿薔一下子就聽明白了。「……妳想跟那個妖怪綁在一起？她很凶惡……」

我冷笑兩聲。「是啦，以前我覺得她真凶惡，但跟妳們比起來……她真是溫柔善良的要命。最少她也只是吵吵我，鬧得我有點不安寧。妳們卻快讓我失血過度而死了。她好不好，是我的事情。她被綁在我這裡十幾年，可沒傷到任何人，更沒讓人滿身是傷的放血……就因為有兩個自大狂自認在『拯救世界』！他媽的……妳們好歹看看場合和時代！」

那麼愛演不會去當明星喔？現在我感到更痛了。

阿薔看了我好一會兒，低頭認錯，「……對不起，是我們的錯。走吧，阿琳。」

「妳居然聽她的花言巧語？妳忘了我們前世的誓言嗎？發誓將所有的邪惡除盡！」

「是哦，」我翻了翻白眼，「可惜現在不是妳們的前世。妳說要除惡，我卻覺得我這不算好人但也不算惡徒的倒楣鬼快被妳們除盡了。」

「妳閉嘴！」她踏前一步，那隻長角蛇又飛起來。

「阿琳，住手！」

「妳別管！」

「什麼前世、眼睛、主人。」我的傷勢比想像中的還嚴重，喵低。「我看妳只是因為盲目所以要一雙眼睛，為了方便乾脆的主從易位。主人？哼哼。妳懂不懂什麼是主從啊？兵器小姐？主該負的責任和從該盡的忠誠妳懂不懂啊？我看妳是不懂啦，大腦空空的兵器小姐。」

長角蛇飛撲下來，我閉上眼睛。

「阿琳，我命令妳立刻住手！」阿薔大叫。

她僵住了。「……我再也不認妳了。」

「隨便妳。」阿薔露出非常失望的口氣，「我已經轉生為人，我就打算過著人類的日子，過去就過去了。」她過來把我扶起來，我好不容易才站直。

「但我什麼都看不到！」

「那也是妳該接受的命運！」

我將她們留在那兒大吵，從懷裡抓出荒厄，將她擺在左肩。「……想辦法瞞過警衛。」我這樣一身是血的走進去，一定會引起臆測和麻煩。

她愣了一下，非常忠誠的執行了我的指令。

警衛根本沒看我，他正瞪著監視器。我瞄了一眼，臉孔整個漲紅了。

那個第五套房的男人，非常熱情的在電梯裡「進攻」不知道第幾號的女人。我挑了另一台電梯，像個小老太婆般彎著背，按了我的樓層。

庇護這個傷風敗俗、毫無道德可言的妖怪，我真的不知道，是對是錯。

「他們現在按住電梯，打算進行下個回合……」荒厄興致勃勃的對我說。

「我不要知道細節。」我擦掉差點滴進眼睛的血，「麻煩妳閉嘴。」

之四 大學

在我上大學之前，的確有許多美好的幻想。

即使我在來這個學校之前，遭遇了那兩個自以為拯救蒼生的自大狂，弄得包了一頭一臉的繃帶紗布，我還是覺得到了大學就可以遠離那個妖異層出不窮，拚命下雨的鬼都市和一切厄運……

但等我看到校園的那一刻，我所有的希望宛如無力的枯葉，被秋風掃得迴旋不已。

這是一個位居山頂的大學，是學禁開放後才成立的新學校。名字也很別緻，叫做「蓮護」，等我到了這大門口才知道為何要用這樣的名字。

明明是沒幾年的新學校，卻已經有了百年大墓的氣勢。這個時候我就痛恨為什麼跟裡世界離得這樣近……附近山頭當然沒有「夜總會」，因為這學校的地基就在據說搬遷過的「夜總會」當中。

站在校門口，我心底一陣陣悲涼。我猜想校方已經盡可能的扭轉劣勢了，他們在風水上下了不少工夫……可惜有些似是而非，反而讓這鬼地方的「氣」更混亂而名符其實。

沒鬧下大亂子，大約是因為有幾個真正的好人老師，而且這裡的異類人魂居多，都是有名有姓立土安居型的，沒什麼真正的厲鬼。

但他們好奇的轉頭看我，又看看荒厄，聚在一起竊竊私語，還是讓我覺得很悲傷。早知道我就該用功一點，好考上人氣旺盛點的大學。比方說那個夜市附屬大學之類的……

「那也是沒有用的。」荒厄非常直率的說，「妳就算考上逢甲，憑妳的體質，還是可以吸引各式各樣莫名其妙的怪人或怪事……跟這兒比起來，不過是五十步笑百步。」

「……謝謝妳精闢的解說，現在麻煩妳安靜一點，好嗎？」我沒好氣的說。

我走入自己的寢室，那是個四個人一起住的房間。上層是床，下面是書桌和衣櫃。我來得早了，其他室友都還沒來……我是說活著的室友。

一進門，各式各樣、不請自來的「原住民」，老實不客氣的打量我們。

「麻煩讓一讓。」我很客氣的打商量，但他們不太甩我。

荒厄倒是很不高興，「看到我就該讓位了，還杵在這兒做什麼？想死麼?!」

她一出聲，這些傢伙立刻奪門而出……呃，有的奪天花板而出，有的奪牆壁而出，又哭又嚷又喊救命，像是荒厄做了什麼似的。

……果然有些時候講理不如拳頭大。

荒厄非常得意，站在我左肩唧唧呱呱的自吹自擂，我都聽到會背了。

「您若這麼厲害，乾脆揚威立萬一下如何？」我陪笑臉，「這是您的地盤咩，讓人在這兒亂總不是辦法。」

「可不是呢。」她簡直不可一世了，「我就去教他們什麼叫做禮貌！」

她一陣狂風似的颳出去，整個女生宿舍傳來一陣子雞貓子喊叫，幸好人類聽不到，不然心臟弱一點的得叫救護車了，這邊的山路又陡又長，送到醫院還不知道有沒有命。

我把行李放在桌上，拿出包著小鬼壇的紅布，找了一會兒，在後門找到了筋疲力盡的土地公。

我把壇塞在供桌下的角落，點香、上供品。土地公無奈的看我，我更無奈的看祂。

「我可不可以說我不要？」祂疲勞的問。

「我不能擺在宿舍裡。」我也覺得很累，「我讓他們聽您的話，有什麼需要就請您差遣。」

祂悲涼的笑了笑，「他們別鬧亂子就好，我還指望差遣他們？妳也可憐老兒管這麼一個學校就想上吊了，還塞了這四個麻煩精過來！」

「別這樣，大爺。」我好言相勸，「當作做好事唄。這四個沒人管教，又莫名其妙的落在我手底，我管一個荒厄就想死了，還管得到他們？早晚三柱香我是不會省的，初二、十六的血食也必定奉上，您老心好，跟他們開導開導，說不定還有轉生機會，就算做功德吧，大爺……」

「別口口聲聲大爺的……」祂發牢騷，我趕緊把酒奉上，看到酒，祂長歎一聲，「來這學校也算有緣，多少幫我看一點。我真的快累死了。」

坦白講，我不想應下來。我顧好自己的命就夠累的了，哪管得了別人。但有求於人，能說不要嗎？

「老大爺，」我幫祂倒酒，「我人微言輕，能幫多少算多少，好不？」

祂喝了口酒，又嘆氣。「也只能這樣了。」

我回到宿舍，還聽到遠遠的有人魂尖叫和荒厄大罵的聲音。

太多了，荒厄也趕不完……但她難得有機會可以逞逞威風，就讓她去吧……打開衣櫃，一顆頭顱極盡能事的將舌頭伸得老長，裝出最可怕的樣子。

我想，他嚇嚇別人還可以，要嚇唬我真的有點難。我和荒厄住在一起十幾年了，早就看到不想看了。真悲哀，稍微有點人類本能的都會被嚇到，不管看多久，我的本能卻被磨光了。

「你是要自己走呢？還是要我拿鹽水洗衣櫥？」我盡量和藹的說，「起碼還要相處一年，別這樣。等等荒厄回來……戾鳥的脾氣可不大好。」

他無趣的閉上嘴巴，喃喃的埋怨著，「老人家唯一的興趣就嚇嚇人，妳也不裝一下……」然後埋進衣櫥底。

……敢情還是我不對，沒討老人家歡心？

無力的整理我不多的衣服，和多得要命的書。把重達三點五公斤，破到連電池都失效，鍵盤也壞光光的筆電放在桌上，我就算整理完畢了。

想去吃飯，結果學校還沒開伙。警衛好心的借我一台機車，讓我下山去吃飯。看看向晚的天色，我很想乾脆餓過這夜算了。但想想以後要在這裡上四年的學，早晚都要習慣的。

「荒厄，我要去吃飯。」我在心底喚著她。

她立刻回來，意猶未盡的，「嘖，我還沒玩夠。」

「妳有四年可以盡情的『玩』。」我幽怨的嘆口氣。其實我最想的是趕緊逃下山，再也不要回來了。但我學費已經繳了。

貧困真的會害死人的。

「不會啦。」荒厄用翅膀拍拍我的頭，「有我在妳身邊。」

我閃了一下。我是很感激她的心意，但這傢伙出手從來不顧慮輕重，我擔心的是這四年出去我會扛著什麼樣的名聲。

「瘟神」還是最好的狀況，我可不希望還沒出校門就讓人說是「妖怪」或「女巫」。這年頭雖然不時興火刑，誰知道會不會為我破例。

在漸漸昏暗的夜色裡，我小心的沿著陡峭的山路騎下山。

才轉一個彎，夕陽餘暉被遮住了，就暗得像是深夜一樣。我還沒發現發生什麼事情呢，就覺得後座一沉，心底暗暗叫了聲糟糕。

黃昏又稱逢魔時刻，日與夜的縫隙，生與死的界限特別模糊。

我從後照鏡看過去，只看到破舊的藍色裙子，和桃紅色的襁褓。

「下去！」荒厄非常盡責的驅趕，「沒瞧見我在這兒？滾！」

這傢伙是不懂啥叫敦親睦鄰的。要在這兒住上四年，到處打好關係是比較聰明的選擇。人家在這邊是先，我們來到這裡是後，不拜碼頭就已經不太好了，還惡形惡狀。

「荒厄，」我制止她，「人家搭個便車而已，別這樣。」

「妳怎麼胳臂往外彎？」她一臉受傷，「人家不管妳了啦！」

我好聲好氣的勸，費盡唇舌才讓她相信我不是惡意。說真話，我還真想念以前那個沒心肝的妖怪混帳，最少她什麼也不想管，我也不用哄她。

哄人真是累死人了。

她氣鼓鼓的，別開頭，連後面那個不請自來的乘客搭在我右肩也不想管。

「拜託妳……」她的氣息帶著腐敗的死氣，「我的孩子發高燒……我要去醫院……」

我是很想告訴她，妳和孩子都已經死了，醫院只管醫活人。但我說不出口。她不知道在這條山路流浪多久，什麼都忘光了，只記得要帶小孩去看醫生。

「嗯，我帶妳去山下的醫院。」我應著。

但她好像聽不見我說什麼，喃喃自語著，「天好黑，一直下雨，我什麼都看不見……」

隨著她的話語，原本萬里無雲的天空，突然下起狂暴的雨。

我抹去臉上的雨水，面前的道路透過眼鏡只有一片模糊。

「活該。哼！」荒厄更用力的別開頭。

我不得不承認，她說得沒錯。

「……就像這樣，一直下雨。我好怕騎到山溝裡……但寶寶一直在哭，哭聲越來越弱，我好焦急，好焦急……」

透過她按住我的右肩，我心底發冷的知道發生什麼事情。她騎得太急，因為路滑失去控制，然後摔進山溝裡。

「我一直喊救命，但沒有人救我們……沒有人！」她的聲音越來越尖銳、越來越高亢，「明明有那麼多車經過，明明有！他們就這樣拋下我們……讓我們慢慢的死掉！」

輪胎打滑，我猜我不小心壓到什麼，可能是一小段的樹枝、或是一小塊石頭。身不由己的，我想我快要了解什麼叫做「重蹈覆轍」了……

就在這個時候，荒厄突然用力的掐緊我的肩膀，讓我痛了一下。這一下的「分心」讓我用力控制住方向，飛快的轉過那個致命的彎。

不請自來的乘客大聲的哭著，像是被什麼東西拖住，漸漸的離開我的後座。

這裡，應該是她埋骨的地方。我心底沉了沉。我應該慶幸我撿回一條命，我不該憐憫差點害我重傷或死掉的女鬼。

但她是個媽媽呀，心心念念都是她的孩子。

「荒厄！妳抓住她！」我大吼，「把她留在後座！」

「……妳瘋了不成！」荒厄尖叫，「她想害死妳欸！」

「不要問那麼多，抓緊她就對了！」我抹去臉上的雨水……或者不是雨水。

「我一定要送她去醫院！」

雨停了。大大的月亮若無其事的俯瞰，像是剛剛的暴雨是虛弱的謊言。

等我衝到山下時，雨水早就乾了。我真不敢相信。

不過承諾就是承諾。我還是費力的在人生地不熟的小鎮問到醫院的方向。

「醫院到了。」

那位女乘客下車，望著醫院，又哭又笑的，「寶寶，我們終於到了！你有救了！有救了！」她衝入醫院，隱沒在光亮中。

「……白痴。」荒厄狐疑的看著我，「妳腦子長蟲是吧？」

「我倒是找不到話可以反駁。」我自己也很氣餒。

我還是找到地方吃飯，並且去買了一大箱的泡麵。這段山路真的太嗆了，我沒勇氣這麼天天下來讓人「搭便車」。

等我採買完畢，回到機車時……呆若木雞。

那對母子居然坐在後座，對著我笑。

我該怎麼辦呢？

「呃……你們還要搭便車？」我已經有虛弱的感覺了，再來一次我可受不了。

「恩人！」她和小孩一起在後座磕頭，「我們願意服侍妳！」

恩……恩個屁啦！我果然是腦子長蟲了啦！

在我拚死命勸說的時候，荒厄不但不幫我還在一旁大笑特笑，還幫這對母子說情，「哎呀，反正妳已經收了四個了，再多兩個也不算什麼……」

「他們應該去投胎轉世才對啊?!」我大吼，「跟著我做什麼?!」

「他們是橫死的，陽壽未盡。」荒厄一臉很有學問的搖頭晃腦，「冥府人手不足，這種橫死的，都排到很後面，阿災十年還是二十年才會來接人……」

是說我得扛這責任一、二十年……我只覺得腦門一昏。

我真是白痴弱智加笨蛋，自己找倒楣！欲哭無淚的，我轉身去買了一瓶陳高，載著他們回學校……直奔後門的土地公廟。

土地公看到我，臉色都變了。「……妳本來有的就算了，妳還從外面帶進來！妳饒了小老兒吧！」

別說祂變色，我也快哭了。「老大爺，我真的也是沒辦法的。」

「我還指望妳幫我忙呢，才來頭天就找我麻煩！」祂的聲音已經帶哭聲了。

我只能奉上陳高，心痛不已。酒可是很貴的！那瓶酒夠我三天的伙食費啊！

祂含淚喝酒，「別再去找麻煩了！我的姑娘……妳就不能老老實實安安分分的念妳的大學嗎？妳當這是流浪動物之家？……」

我垂頭聽祂訓話，心底暗暗發誓，一定要老老實實本本分分的念大學，什麼都不理不睬了。

「如果太陽打西邊出來的話。說不定可以唷～」荒厄非常開心的下了註解。

除了瞪她一眼，我居然氣餒起來。

我的大學生活，到底會變成什麼樣子啊……

之五　唐僧

提心吊膽的，開學了。

但讓我很意外的是，跟我同寢的女孩兒們都滿一致的沒什麼心眼，歡得有點呆，神經粗得可比海底電纜。

簡單說，對於「那邊」可以說是非常整齊的絕緣體，「原居民」努力了三天就淚灑寢室，大敗而逃。我想，從某方面來說，這也是一種強悍。

所以別寢鬧「大風吹」的時候，我們這寢室睡得異常安詳，卻不是因為荒厄的關係。

這個「大風吹」鬧得人心惶惶，說穿了不值一文錢。這些久居無聊的「原居民」，最近流行拿活人玩大風吹。青春期的女孩兒情緒不安定，特別容易玩耍。「原居民」半夜裡支使她們爬上爬下，玩兒「大風吹」，但天亮的時候又沒收拾好，於是每個人都沒睡在自己床上，反正「原居民」也不耐煩記這些細節。

本來我想頭一縮，就當作沒看到。但土地公特別差小鬼要我去，氣急敗壞的，要我想法子。

我能有什麼法子呢？

「大爺，您是這兒管區，誰能大過您呢？」我趕緊給祂一頂高帽，「您一聲令下，他們敢不聽麼？哪輪得到我這小小的無用女子……」

「別忘了，妳可是塞了六個麻煩精在我案下！」祂扯起嗓子，「讓我多了多少事情！丫頭啊，想當初我也不過在這墳山當個管區……自唐山過來台灣，這兒就是墳山哪！遷走的還是看得到的，底下還多少沒遷走的？若不是顧念這些老朋友，我不乾脆跟著去靈骨塔養老？這不過是個小玩笑，但人類懂麼？他們懂屁！」

祂越說越生氣，「妳知道要保住這一校無人自殺的記錄多麼難？我扛到今天還不夠嗆？妳去跟那群丫頭講講，小玩笑而已，別嚇得尋死覓活，神經不正常，老兒也是會累的，懂不懂?!」

然後祂大腳一踢，把我踹出去了。

……這、這……這關我什麼事情呀？這種事情我又怎麼去講？

出去瘋的荒厄回來，非常生氣，「我去拆了那老頭的廟！」

我趕緊撲上去抱住她，好說歹說。別亂了，就是土地爺爺在這兒主持，這個堪稱百年大墓的鬼學校才可以保持零自殺的完美記錄。

我還要在這裡念四年啊～求求妳～

最後我低頭懇求諸位大伯大嬸、爺爺奶奶，還付出了寶貴的健康，加上荒厄的虎視眈眈，才勉強讓他們同意「大風吹」以後，記得收拾整齊。

幸好沒多久他們就流行玩別的了，不然我會病死。

但這有兩個嚴重的後遺症。

第一個就是跟「原居民」開過會，我感受太多「風邪」，病得一場糊塗，連迎新會都去不了。

第二個，雖然盡量避免被注目，但我還是偶爾被室友撞見我在喃喃自語或瞪著虛空發呆，沒幾天，「怪人」的名聲不脛而走，讓我非常悲傷。

「她們說妳神經似乎不太正常。」荒厄滿臉同情，「妳包那頭那臉紗布，說不定是自殘而不是車禍。」

我發出嘆息，聽起來卻很像嗚咽。

完了完了，我這四年註定要慘澹到底了……我這不幸的人生……幾時才是盡頭啊～

悲傷歸悲傷，初二一到，我還是發著虛，抖著爬下床。開學以後還是有好處的，後門有幾攤賣熱食的小攤子，我買了半隻手扒雞，費盡唇舌跟狐疑的熱炒老闆買了瓶米酒。

彎著腰，像個小老太婆似的，又咳又喘的走到土地公廟上供。

「米酒！」土地公厭惡的皺緊眉。

「您將就一下。」無精打采的上了香，「我人不舒服得緊。」

「丫頭，妳體質太虛。」祂搖頭，「養鬼畢竟不是正途。」

「誰說我是鬼來著？」荒厄這次跟來了，氣勢逼人的衝上去，「糟老頭，瞧不起我？」

「老兒在這兒當了百年管區，也不用怕一個解魄的戾鳥！」土地公嗓門也大起來了。

我累得連勸架都沒力氣了。

正在不可開交的時候，我的室友之一，大家都叫她小汀的，好奇的走過來。說來也奇，她一走近，這兩個就不吵了。

「……妳在拜土地公？」她看看我，又看看供桌上的半隻手扒雞。

我乾笑兩聲。正常的大學女生是不會這樣做的，我明白。「……家庭教育的關係。以前是我媽在拜的……」絞盡腦汁，可惜我現在正在發燒，擠不出合理的理由。

「以前？」她眼睛睜大，「那現在怎麼不是妳媽媽在拜？」

啞然片刻。「呃，我剛上國中的時候，我媽媽過世了。」

她蒙住嘴，「……對不起，我不知道。」安靜了一下，「妳從沒講過自己的事情。」

「這……不知道怎麼講。」

她站在我旁邊，眼神哀戚到我不好意思。「小芷，妳說妳車禍……為什麼只有妳自己來上學呢？妳爸爸怎麼沒來幫妳搬家？」

我瞠目結舌。奇怪，我比她們早來，她們怎麼知道？稍微思索，我明白了。應該是愛八卦的警衛對我印象很深。想想也是的，包了一頭一臉的紗布，怪模怪樣的。

「……我爸爸再婚了。」我盡量誠實的說，「連小孩都有了，還是男生呢。而且我跟我爸處不好。」

她、她她她……她居然哭了！

「他有養我！」我整個慌張了，「真的，而且我都這麼大了，這個傷……傷很小，只是包起來看起來比較嚴重……」

我想取信於她，把紗布拆了下來。真的都癒合了，留下一些細細紅紅的疤痕。

但她看到我的疤痕，卻乾脆放聲大哭。

這、這到底是怎麼回事呀？

那天她像是扶病人把我扶回去，走之前還幫我燒金紙，一直在哭。

我完全不懂她哭什麼，這是怎麼了呀?!

第二天，荒厄超樂的跟我講蔓延全校的八卦，我差點昏過去了。

我那簡單幾句話，已經讓她們演義到八點檔的地步了。而且她們一口咬定我臉上的傷絕對不是車禍，看就知道是女人的指甲痕。一定是後母苦毒我云云，為了不讓軟弱無用的父親為難，我才堅忍的上山念書，避免家庭風波。

等知道我是用助學貸款念書以後，劇情更是直逼九點半檔和十二點半檔了！

甚至我的喃喃自語、瞪視虛空都被解釋成「思念亡母」和「自傷身世」……

什麼跟什麼啊?!

我們這寢室的室友，更堅決的將我帶在身邊。任何人敢說我是怪胎，都會被她們伶牙俐齒、異常凶猛的反擊回去。

「是人就會有點怪！我都不嫌妳燙鈔票怪了，妳嫌我們家小芷是怎樣?!」

我尷尬到想鑽到桌子底下，荒厄毫不顧我的顏面，笑得聲嘶力竭，還從我肩膀栽到地上。

尷尬歸尷尬，我還是體會到她們溫暖的心意。會來上這個昂貴的私立大學，通常都是不怎麼用心念書，家境小康，卻沒好到可以直接出國揮霍的那種女孩。她們是比較淺薄散漫，對美容化妝的興趣遠大於課本。但這完全無損她們是好人這件事情。

以前我就覺得，男性都像是食肉性的野獸，時時都在競爭和狩獵，女性比較像是草食性的群居動物，只要跟配偶和子嗣無關，就樂得和平相處。

現在她們就像是對待一隻病弱的幼獸，將我帶在她們身邊。

這該說好還是不好呢？但我大學的開端，的確因為這群神經超粗的室友，有了比較美好的前景。

不過，「好的開始是成功的一半」。這句話實在很對，但可惜只保證了一半的成功……另一半……

完全要歸咎於上天喜歡玩弄我。

病了大半個月，我終於痊癒了——不如說我適應了「風邪」，終於可以起床去上課了。

荒厄不太喜歡我的室友，而且在這樣陰氣森森的環境如魚得水，整天都在外面瘋。但我察覺她的情緒似乎有不合理的狂喜，也很少對我汲取生氣。

我想是經過這麼多年的休養生息，她已經漸漸恢復到一個程度，不再需要依賴我了。但我總覺得沒那麼簡單。

我將她喚來，心不甘情不願的，而且心不在焉。「……妳最近吃得很少。」我謹慎的觀察她。

「妳在生病，我還汲取妳的生氣，那不是不知禮麼？」

……妳不要跟我說，相處十幾年，妳突然知道「禮」這個字怎麼寫了。

「妳損傷人命了嗎？」我聲音嚴峻起來。

「唷，我若做了這種事情，糟老頭不會找妳打小報告？」她很憤慨，「除非妳下令我殺人，不然我誰也殺不了。」她抑鬱寡歡的補充一句，「我得仰賴妳的殺意。」

問來問去，沒有結果。我放她去了，她如蒙大赦似的飛馳而去。

我順著她的方向望過去……看到一個好看的男生。

五官清秀，就是有點弱的感覺。但我看到他突然湧起唾液，像是看到什麼好吃的東西。

呆了好一會兒，我才知道，這是屬於荒厄的情緒和反應。我們彼此有些混雜，我是知道的，但強烈到我也有反應，實在不簡單。

那是一個「唐僧肉」。

但我們校園為什麼會有這種妖怪和異類流口水的珍饈啊?!

我神情慘澹的轉身去上課，決定把這個人拋諸腦後。關我什麼事情？校園這麼大……

但讓我幾乎枯萎的是，這個男生不但跟我同系，甚至是我的同學。位置那麼多，他偏要坐在我旁邊。

荒厄回到我的左肩，因為那個男生就坐在我左邊，還對我友善的笑一笑。垂涎的跟著他的大群「原居民」也同時好奇的轉頭，真是聲勢浩大。他居然可以平安活到這個年紀！這真是奇蹟中的奇蹟。

這些「原居民」暈陶陶的享受他逸脫的生氣，他居然一點感覺也沒有。我以為我的室友們神經已經夠大條了，沒想到還有雙倍海底電纜這樣神經的人。

我瞠目看著他掏出課本，然後掏出一本聖經和一本金剛經擺在桌上。「原住民」發著牢騷，離他稍微遠一點，荒厄不太開心的咕噥，貼著我的脖子，卻頑固的不肯走開。

「……我臉上有什麼嗎？」他非常客氣溫柔的問，還摸了摸自己的臉。

「不、不是。」我倉促的拿出課本……才發現我帶錯了。太好了，病太久結果我連課本都帶錯！

「妳忘了帶？」他笑了笑，「我們一起看吧。我沒見過妳欸，我是唐晨。」

居然還姓唐，真是夠了。「……林蘅芷。謝謝。」

他靠我近一點，真快把荒厄給樂翻了。她發出一陣陣怪聲怪氣的呻吟，害我臉都紅了。

「……閉嘴啦！」我在心底對她吼。

「人家、人家忍不住嘛～好棒的味道～嗯哼～」

我抓起唐晨放在桌子上的金剛經，毫不客氣的往她敲下去。

唐晨瞠目看我，我尷尬的搔搔臉，「……我抓錯了。好像有蚊子。」

「拿金剛經打蚊子？」他笑。

被我打翻過去的荒厄不依不饒的爬上左肩，「妳好討厭，過去點……嗯哼～」

我發誓，以後一定要弄對課表、帶正確的課本。最重要的是……

離唐晨遠遠的。

但我的發誓往往會被扭轉，我覺得上天完全以我的痛苦為樂。

本來一切都好好的，我也能躲多遠躲多遠。但我十六去上供的時候，卻驚駭的發現唐晨正好在化金紙。

「來拜拜呀？」他快活的問。

我僵硬的點點頭。他還跟我揮了揮手，才開心的帶著鮮花水果走掉。

一回頭，土地公張著嘴，神情呆滯的望著天空。好一會兒，祂才說話，「……他是今年的新生？」

我沉痛的點點頭。

「為什麼我不知道？」祂像是嚇傻了，「眾手遮天，居然沒個人讓我知道?!我今年是犯太歲嗎？還是命犯華蓋？」祂開始扯鬍子，「有妳這個麻煩精就太多了，為什麼還有個唐僧肉?!我完美的零自殺記錄啊～」

我很想勸祂節哀順變，總是會有個開端的。但我不敢說出口。

「妳這丫頭，居然知情不報！」祂開始罵我。

「老大爺，這不關我的事情！」我驚恐起來。

「這我不管！」祂開始蠻不講理，「妳去罩著他！他要死也給我死在外面，不可以死在我的管區！老兒管這管區百來年了，還沒出過半個厲鬼！妳要不管，就把妳的小鬼群帶回去！」

老人家一不講理，真比牛還牛，我真的欲哭無淚。

這半打帶回去，我連骨髓都要乾了，我又不能在宿舍擺壇。

「……我怎麼覺得我像孤雛淚那個又敲牙齒又賣頭髮的媽媽呢？」我真的哭了。

「我沒看過孤雛淚！」土地公脾氣很壞的回我，「罩著他！」

我充滿苦難的大學生涯，就這樣拉開序幕了。

之六　無憂者

土地爺爺交給我這樣艱鉅的重責大任，讓我才開始透出曙光的大學生活又立刻跌入無底的深淵。

我都欠人罩呢，我是能罩誰呀我……這些都還不是最糟糕的，真正的慘烈，不完全因為他是男性。

當然啦，我過去的生活幾乎都生活在女人堆。小學不用講，國中男女分班，高職又幾乎都是女生。但這不是重點，最大的重點是我根本就缺乏與人交際的能力。

若說跟死人交際我倒是頗有心得……問題是他還活著，而我的任務是別讓他死在學校裡。

這對我來說真的很困難。

明明是同學，常常一起上課的，但我只能遠遠的看著他，束手無策。

我不知道是哪裡出錯，只是常常看一個人居然會出問題。我那三個擅長編劇的室友居然幫我編了一套轟轟烈烈的暗戀故事，很開心的告訴了我一大堆他的情報，絞盡腦汁把我們送做堆。

「……我不是喜歡他啊！」真的欲哭無淚了。

「哎唷，我們懂啦～」小汀對我擠擠眼，「上了大學，『愛情』這門學分是必修的。」然後她們三個一起露出「老懷欣慰」的神情，讓我更無力了。

連荒厄都來湊一腳，鉅細靡遺的。包括唐晨的身高體重三圍，連他穿幾號的內褲我都知道了。

「……荒厄！」我惱怒了，「妳明明知道不是這樣……」

「那有什麼不好？」她理直氣壯，「妳若真的把到他，我就更有機會吃他了！我們通力合作，世界上哪有擺不平的雄性？」

我張著嘴，呆呆的瞪著她。她實在「想」得太大聲了，她滿心在盤算應該要清蒸還是紅燒……說不定醃起來慢慢吃可以吃得長久香甜。

「……我以為戾鳥只吸血。」我發悶了。

「只吸血多浪費？」她心不在焉的回答，「放完血剩下的肉還美得緊呢。唐僧肉欸，當然我要一人獨享。誰想跟我分我都跟他拚命……」

……她畢竟是隻妖怪。

「不用想了。」我扼殺她的美夢，「我又沒打算殺他。」

她立刻沮喪的垂下頭。很快的，又振作起來。「那妳嫁給他好了。」

「……妳說啥?!」我差點叫出聲。

「等妳跟他結婚，就會想殺他了。我猜人類都跟蜘蛛差不多吧？母蜘蛛交配以後，都會吃掉公蜘蛛啊。人類的女人也是，結婚以後，殺意常常掠過心底，只是都沒付諸行動罷了。」她歪著頭看我。

啞口片刻，我只覺得哭笑不得。雖然是這樣可以洞察人心的邪惡妖怪，但某方面來說，荒厄出乎意料的純真。她可以看穿人類的祕密和內心，但她從來不了解那種複雜。

她很愛喋喋不休那些帶著罪惡味道的八卦，但只是被氣味吸引，大約也不了解為何是罪惡吧。

我好像面對著一個非常聰明厲害、毫無道德觀的孩童。純真而殘忍。

可能是，我一天天的長大，成熟。但她依舊是那個純真卻殘忍的妖怪。我也不過偶爾對她好一點，她卻這樣掏心掏肺，完全是個小孩子。

「妳在想什麼？」她露出想吐的神情，「好噁心的情緒。」

我們混雜太多，我已經可以豎起防禦她的高牆了，但她卻從來沒想過要立起這種隔閡。

我將她從肩膀上抓下來，緊緊抱住她。她又尖叫又掙扎，立刻奪門而逃。

……噗。

雖然還是不會讓她出生，但我覺得，對她好一點，似乎也沒什麼關係。

當然，更不能讓她吃了唐晨。

然後問題又回到原點。非常苦惱的。唐晨幹嘛不是個死人呢？他若是死人我還知道怎麼跟他交談談判，頂多受點風邪。活人我真的很不擅長啊……

知己知彼，百戰百勝。

根據我跟死人打交道的經驗來說，先知道來者何人，弄明白底細，通常溝通談判的時候就多了幾分把握。

雖然說用這種原則來度量唐晨有點怪怪的……但我從來沒主動去認識任何人（不論死活），也只知道這種方法。

根據室友和荒厄的情報，我有些發悶他幹嘛不去競選十大傑出青年。而且也完全不明白他怎麼可以活到今天。

他的功課非常好……高中的時候念的是第一學府。看起來文弱的他，運動神經也很不錯，還帶過學校的足球隊。他會來念這個昂貴又吊車尾的私立大學本身就是一個謎。

最難得的是，他溫柔和善，一點驕氣都沒有。是標準那種會扶老太太過街，每個月定期捐款贊助希望工程那種童子軍型的好人。家境不錯，長得又好，奇怪的是到現在還沒有任何女生把他當作標的物。

我那三個神經大條的室友對我的問題面面相覷。「小晨麼？人是滿好的……」她們露出可惜的神情，「就不知道為什麼，總不想跟他交往。」

……所以說，人類求生存的本能真是可怕而頑強。連神經可比海底電纜的室友們都知道這個人惹不得。

聽說他像是用「幸運」和「災難」交擰出來的人物。

開學頭一天，他就轟轟動動的在平直的山道出了車禍，距離大門口不到一百公尺。機車全毀，而他……毫髮無傷。

不少目擊者指天發誓，他一頭撞上山壁，在空中轉了好幾圈，結結實實跌在柏油馬路上。

但他馬上站起來拍拍灰塵，說，「哎呀，我的玉斷了。」

他脖子空蕩蕩的懸著一個中國結，原本在上面的一個美玉化為粉末。

諸如此類的災難層出不窮，他依舊笑嘻嘻的，頂多有個擦傷瘀青，什麼事情都沒有。

跟他同寢的室友個個都要神經衰弱了，天天被鬼壓。問他有沒有事，他只想了想，「壓床是有吧？從小到大都習慣了，繼續睡就是了……我想是神經太纖細，稍微緊張點就有這種現象，跟什麼鬼不鬼應該沒關係吧？」

……大哥，你這程度叫神經纖細？那我們神經是怎麼長的？你說啊你說啊～

聽得越多他的奇聞異事，我的心底沉得越深。荒厄早就對我直言，我這體質原本是普通到不能再普通的人，但讓她這樣長期汲取生氣，弄出一個虛畏的體質。別說修煉無望，尋常鬼魄離我近些都非傷風感冒，更不要提自己找罪受。

我遇到原居民都繞著走了，客氣得不得了，老大爺，你居然要我保那個聚集了大幫子鬼鬼怪怪的「唐僧」！我又不是孫悟空！

氣惱歸氣惱，但應都應了，怎麼辦呢？

正在我不知道如何是好的時候，他倒是主動跟我攀談了。

「我是不是惹妳不高興呢？」他專注的看著我，我倒退兩步，不是因為他的關係——他那幫子亦步亦趨的鬼鬼怪怪逼得我連呼吸都有點困難。

「怎、怎麼會呢？」我乾笑。

「那為什麼，我走到哪，妳眼睛都跟著我轉呢？」他害羞起來。

……這誤會可大了。

「是人就喜歡看好看的東西。」我勉強擠出一個不算理由的理由。

他張大黑白分明的眼睛，笑了起來。「妳真直接啊。」

「我不是喜歡你，你不用擔心我會告白。」我露出虛弱的笑容。

「我知道。」我猜他大腦構造也頗異常，「妳喜歡我的臉皮而已。但我喜歡這樣直來直往，因為我很不會猜哪。」

我陪笑兩聲，想趕緊脫離這個陰風慘慘的冷氣團。

「妳報告做了沒有？經濟學那個？」他問。

用膝蓋想也知道，怎麼會有人想跟我同組？我這樣陰陽怪氣的人。

「那跟我同組吧。一起去吃飯？我們討論一下？」他友善的說，笑咪咪的。人說出手不打笑臉人。既然我想不出怎麼不露痕跡的罩他，這應該是天上掉下來的大好機會。

但我垂頭喪氣的跟著他去學生餐廳，像是要趕赴刑場。荒厄飛到我左肩誇張的尖叫，「哦！蘅芷！惦惦吃三碗公半哩！我就知道妳辦得到！結婚吧結婚吧，快結婚吧！」

我認真的考慮如何掐死一隻戾鳥。

* * *

和唐晨混熟了，覺得他是個真正的好人。

但我不是在發好人卡，而是說真的。拜荒厄喋喋不休的「教育」，我比一般人早熟很多，幾乎有滄桑的感覺。

當然，我們身邊幾乎都環繞著各式各樣的「好人」。但大部分的人是怕被排斥、恐懼懲處，不願被議論，甚至有些可憐討好的當個好人。

有些人則是很稀有的，真正的信仰良善，出自內心深處的溫柔和悲憫，清醒而有節制的成為「真正的好人」。據我的觀察，這類的人往往都沒沒無聞，而且很少抱持著官方形式上的信仰。

像我的後媽、健康檢查的醫生，或者是唐晨。

我猜，唐晨這樣倒楣的成為「唐僧肉」，卻可以平安活到現在，他本身就是個「好人」是功不可沒的。連我這心不甘情不願、原本是為了老大爺的託付才來罩他的倒楣鬼，都不希望他被這種宿命吞噬。

但這不是唯一的理由。

據他說，他從小就三災八難，讓他爸媽都成為虔誠的教徒。但他爸爸信仰天主教，他老媽信仰佛道混合的本土宗教，所以他跟老媽拜拜，也跟老爸上教堂。為了讓父母安心，所以他上學都帶著聖經和金剛經。

我想不只是聖經和金剛經的庇佑，而是之內都有父母虔誠而牢固的愛吧？

不但父母如此，他們家族長輩對他更是疼愛有加，令人羨慕。他有回笑著展示他的收藏品，我只覺得頭昏腦脹，空氣異常稀薄。

我是知道「萬教歸宗」，但也不用這樣「世界大同」吧？

他那要用一個行李袋裝的護身符，真是五花八門，什麼都有。什麼天眼水晶、玫瑰念珠和觀音媽護符，媽祖和聖母排排坐，我發誓還有個凱蒂貓造型的招財貓。

最糟糕的是，當中還有幾個是珍品，衝得我這個身有稀薄妖氣的人差點倒地不起。

「爺爺奶奶叔叔伯伯阿姨姑姑的愛心。」他噗嗤一聲，「我還是帶來了。總不能讓他們不放心。」

他挑了一串菩提子，「送妳吧。我想這個妳不會難受。」

我驚跳了一下。瞪著他。

過去我一直以為，他什麼都不知道。但現在我開始懷疑了。因為他送我的是一串能夠容忍妖氣的佛珠。

「……你覺得這些災難都是偶然嗎？」我謹慎又曲折的問。

「是偶然呀。」他平靜的回答，「為了那些飄忽的偶然而擔心害怕，不是很浪費時間麼？」

「若是偶然一時出差錯……」你可能就死了。

他看了看行李袋五花八門的護符，「我不能讓這麼多愛我的人傷心哪。」他信心滿滿的抬頭，「所以偶然絕對不會出差錯。」

露出無憂的笑容，我覺得那是一種勇敢。

無憂者無所畏。

「太噁心了，我想吐……」荒厄乾嘔起來，逃之夭夭。他身邊的那些鬼鬼怪怪，也好像集體食物中毒，搖搖晃晃的遠遠走開。

我突然很想笑。我和老大爺都太多慮了。大道自有其循環和平衡，好吃的食物也不見得容易入口，就像美味的河豚肉有劇毒一樣。

不過很快的，我就知道一個殘酷的事實。

河豚毒成那樣，還是有人拚死吃河豚了，何況是個可以讓異類長生不老的「唐僧肉」。

我們這位好人唐僧先生，自保原本是沒問題的，但他常常自己衝進危險中，而且完全不自覺。

我在默默做保姆，經年累月挨風邪的時候就會哀怨的想，一串破佛珠就買到我的雞婆，實在太廉價了。

荒厄也常常抱怨，為了可能永遠吃不到的唐僧肉這樣賣命，實在太不划算。

仔細想想，我們倆真是被坑了。

誰說女人是禍水？男人才是禍害。真正的好人，更是禍害中的禍害。

之七　巫婆

我想校方對於這個該死的校址並不是一無所知的。就算不知道這個校址有問題，慘痛的經驗也告訴他們，在這學校還是安分點的好。

所以我們這個成立不到十年的新大學，有許多奇怪的校規。比方說，嚴禁夜教、校園內不准玩碟仙這類荒謬的規定。

其他還好，反正大學生咩，要玩碟仙也不會明目張膽的給舍監知道，要白目也是偷偷躲起來耍。但禁止夜教就讓許多人抗議了。

別的學校都可以，就我們學校不行，和國、高中同學連絡的時候，少了多少可以吹牛的話題，這是多麼大的損失！

不管學生怎麼抗議懇求，校方說什麼都不鬆口。過往的傷痕實在太深了，雖然沒死半個人……但創校第一年就有四個參與夜教的學生送了精神病院，總不是什麼光彩的事情。

即使這四個學生最終只是受驚過度，都康復出院，完成學業，出了校門也不見有什麼後遺症……但校方還是不想冒這個險。

但是今年，住進一個「養鬼者」（對，就是我……T_T），加上一個讓妖怪鬼魔都趨之若鶩、薄海騰歡的「唐僧肉」（沒錯，就是我要罩的唐晨……），不知道是校方時運太低還是鬼遮眼，居然答應了學長學姊的要求，同意辦夜教了。

我聽到這個消息，宛如青天霹靂，馬上跑到唐晨那兒，要他找什麼藉口都好，就是不要去（送死）。

跟他相處了幾個月，我猜他可能缺乏「觀看」的天賦，但讓眾生這樣無比「關愛」了一輩子，多少激發了一些求生本能。他平靜的對我說，「我本來就不打算去。」遲疑了一下子，他又添了幾句，「蘅芷，妳身體不好，夜裡溫差又大，妳也不去的好。」

聽他如此的有自覺，我真是熱淚盈眶。「那當然，平白無故我就感冒沒完了，不會去自找罪受。」

事實證明，我感動得太早了。等我發現他還是要參加的時候，臉色實在很難看。「人而無信，不知其可。」

唐晨搔了搔頭，「……我心神不寧，覺得還是來看看的好。總覺得會出什麼事情。」

是會出事沒錯啦……你都來參加了，不出事像樣嗎?!

我完全不想說明當天夜教有多「精采」，反正也沒有人知道。學長學姊得意洋洋，覺得這次夜教真是太成功了。除了唐晨「迷路」了十分鐘，最後也是平安歸來。這次夜教讓他們唧唧聒聒的吹牛了好幾個月，連小汀都說我沒去實在太可惜了，非常的緊張刺激。

我躺在床上，病得連頭都快抬不起來。無力的看了她兩眼，轉身用被子矇住頭。

「妳怎麼不跟她講？」荒厄非常氣憤，大嚷大叫得讓我的頭更痛，「不是妳跟了去，還不知道要出多大的事情呢～」

「因為我是神經病。」我大咳幾聲，有氣無力的擤鼻涕，「這就是雞婆的下場。」

荒厄老大不高興，「呿，嫌不夠陰麼？還自己送上門給人耍？」

我知道她心情很不好。這山百年來都是墳山，極度聚陰。這兒有的魍魎山魈也特別猛。仗著老大爺有德有行，還勉強壓得住。但這種深夜裡裝神扮鬼的夜遊，實在有很濃重的「邀宴」味道。引來一山的異類「同歡」，實在怪不得人。

如果只是這樣，也沒什麼。頂多一兩個人受傷，體質敏感些的會受驚嚇，更有天賦的可能會嚇得失神。

但隊伍裡有個「唐僧肉」，那就不是這樣而已了。

雖然並不是真的遇到什麼狠角色，但冤氣很大、又非常弱智的一群冤鬼，讓人非常頭痛。趕不走罵不聽，荒厄都動上手了，還不知道要怕。不依不饒的，非常固執的要把唐晨帶走。

最後我只能發狠的拉了五六彈弓，又靠荒厄的威能，把他們滅了。但荒厄就這樣氣呼呼的，拉長了臉，整晚的碎碎念。

「沒見過這麼白痴的鬼。魂飛魄散呢！也不知道要怕要躲，敢情是死了就從大腦爛起？我最討厭這種無謂的殺生了……」

這會兒，別告訴我，荒厄的辭典新增了「道德」這個新鮮詞兒。

「說這什麼話來?!」她高叫，「不是為了吃而殺生，我像是那麼無恥的傢伙麼？能夠這麼無恥，也只有人類罷了～」

「妳講什麼屁話？」我虛脫的抗議，「以前妳跟我說的妖怪情殺仇殺和榮譽之爭，跟人有什麼兩樣？現在妳撇得這麼清！」

「那些妖魔懂個什麼呢？」荒厄撇嘴，「好的不學，盡學了些人的劣根性……」

她非常愉快的高談闊論，無視我病得奄奄一息。那些冤鬼成群結黨，冤氣沖天。我被這些弱智的傢伙一衝，命都去了半條，還付出寶貴的健康拉彈弓，真要把我病死。

發狠起來，發誓絕對不再做這等雞婆之事。如果我還想多活幾年，根本沒本錢這樣搞。

但荒厄大聲嘲笑我，我卻沒有半點反駁的力氣。

我的室友都知道我身體弱，三天兩頭的生病，早就見怪不怪了。口頭安慰兩句，跑得無影無蹤。我倒是很感激她們這樣沒心沒肝的，我這種「病」只能靠靜養，有個荒厄在添亂就過頭了，千萬不要加上她們。

但唐晨什麼都好，就是缺乏這種沒心肝。他一天打十來通電話，專挑我剛睡沉的時候……這大約也是一種天賦。

「好些沒有呢？」他總是很關心。「怎麼就突然病得這麼厲害？」

我翻了翻白眼。我會病得快死是誰害的？這學期過沒一半就這麼猛……我開始認真考慮轉學的問題。

「……沒事的，我身體弱。」我用氣音回他。

「想些什麼吃？我送去。」

「……男生又不能進女生宿舍，謝謝費心。」我虛脫的掛上電話。

結果他託舍監送了一大籃蘋果和一保溫瓶熱騰騰的花草茶來。等我睡醒，蘋果已經沒救了。那籃蘋果是「唐僧」的心意，吃不得人，難道連「心意」也沒得品嚐？等我一覺睡醒，那籃應該新鮮香甜的蘋果已經乾枯得跟木乃伊一樣，生氣被吸個精光。放沒十分鐘，就開始有蛆在蠕動了。

我還得拖著顫抖發虛的身體，將那籃蘋果人道毀滅。看看保溫瓶……我真怕一打開會是渾沌狀態……

硬著頭皮打開，整間的原居民居然跑個乾乾淨淨，連荒厄都奪窗而逃。我驚訝的看著一室安靜，又嗅了嗅花草茶的味道。是有些刺鼻……對異類來說，應該非常刺激。

真是奇怪的花草茶。居然有艾草和月桂的味道。嘗試的喝了一口……我一面厭惡的皺緊眉，一方面卻鬆了一口氣。

這古怪的花草茶能「驅邪」。我會厭惡，應該是屬於荒厄的混雜。但喝完我真的整個人都輕鬆多了。

上床睡了一覺，出了一身汗。居然有力氣爬起來洗澡，洗完覺得神清氣爽，纏綿數日的重病去了一半多。

等唐晨再打電話來，我已經有力氣講話了。謝了他的茶，他非常開心。「妳若喝得慣，那真的對身體很好呢！每天我煮一壺幫妳送去。」

「我自己煮就行了。」我趕緊制止他。他每天這麼來，不知道會被編什麼新鮮八卦。「你幫我買幾帖，我在宿舍煮就成了，錢我再給你……」

錢他當然沒要我的，一直說很便宜，真的送了十來帖給我，還送上了一部咖啡機和濾紙。

雖說用咖啡機煮花草茶實在有點怪……但我一煮起花草茶，連荒厄都待不住，遑論那起原居民。

異類難以近身，感受風邪的機會就少，喝了五六天，我就完全痊癒了。對這帖古怪的花草茶真是驚奇到極點。所以唐晨說要帶我去那家咖啡廳坐一坐，我沒有拒絕。

等我到了那家咖啡廳，倒是有奪門而出的衝動。

那是一家很詭異的小店。偶爾我也會下山採買，某些店會讓我繞著走。不是說這些店有什麼不好，要不就是裡頭供奉的神明排外性很高，我這等有輕薄妖氣的人走不進去，不然就是內有麻煩。

這家店我就說不上來為什麼。說神明厲害，又沒有那種銳利如刀、嫉惡如仇的殺意；說內有麻煩，又缺乏陰森的鬼氣。說黑不黑，說白不白，真的是「灰色」得緊。

講明白點，就是一片渾沌。稍微有幾分靈感的人都不會想走進去，站在外頭看，就知道生意很冷清。只有雙倍海底電纜神經的唐晨，一無所覺，高高興興的推門進去。

就算知道前面是虎穴，他都入了，我能轉身逃跑嗎？繃著頭皮，我也低頭進去了，一抬頭，我就被個極大的「曼陀羅」給「壓」了。

愣在原地，我動彈不得。荒厄這個沒義氣的傢伙非常乾脆，連唐僧肉都不要了，飛跑得一股煙，還掉了幾根羽毛。

我解釋一下什麼叫做「曼陀羅」。

所謂「曼陀羅」（梵語Mandala，即輪圓之意），原指的是佛教修行密法、觀想的道場，被視為是宇宙萬物居住世界的縮圖。

瑞士心理學家容格將曼陀羅想像為整體自我的核心，認為繪畫曼陀羅具有探索內心世界的力量，因而被轉換成藝術治療的理論和方法。

曼陀羅繪畫通常是先在紙上畫一個圓，然後在圓圈裡面自然的塗繪創作，「圓形的曼陀羅像一面鏡子，照映自己的內心，人們可以在簡單的塗繪中和自己相遇；曼陀羅也像是子宮或容器，孕育各種的可能性」。

這是一般常見的解釋。

密宗曼陀羅通常是沙畫，精美絕倫，畫完以後就會毀去。但自從容格將曼陀羅當成一種藝術治療的可能，就有許多人會將之畫在紙上。

但這種東西，跟繪畫者的能力有很深遠的關係。我之所以會這麼清楚，是因為我國中時的心理輔導老師很愛這種東西，我這個問題學生常出入輔導室，被他逼著觀看對我來說像是具體惡夢的曼陀羅畫冊。

那時荒厄和我處得還非常糟糕。一幅曼陀羅，她總是能更深入的找出埋在潛意識最惡毒卑劣的幽微。

坦白講，知道跟她獨處一室的老師懷著某種淫欲的妄想，是非常可怕的。任何人，還是不要深究過文明表面的好。

但我眼前這幅曼陀羅並沒有顯現出那種惡毒或卑劣。那是種冷酷的渾沌，毫無秩序可言。既然沒有秩序，當然也不會有善惡超然於上。

這種渾沌，最接近的形態就是睡眠……或者死亡。

很多人都自稱不怕死，事實上，他們從來沒有站在死亡之前，距離總是太遙遠。但只要是生物……或者曾經是生物，都會畏懼而臣服。這是生物最深也最強烈的本能，唯有最有勇氣的人才能面對這種恐懼。

我缺乏這種稀有的勇氣。

就在我被「壓迫」得幾乎要跪下來時，我聽到一聲沙啞的低笑。笑聲解除了這可怕的壓迫，那幅曼陀羅又只是一幅畫了。

我回頭，無須任何言語，我就知道她是這家店的主人。

這也是第一次，我見到一個貨真價實的巫婆。

瞧不出她的年紀，坦白說。

從十四歲到四十一歲都有可能，因為她的個子實在……不高。號稱「一五

○」，但我不知道是不是無條件進位的算法。

她的臉孔呢，既不老，也不年輕。瞳孔比一般人都大，睜圓像是貓眼。但就這樣了……她和路邊一抓一大把的女生一樣。既不美也不醜，非常堅持的落在中間值。

甚至她的打扮也樸素正常到令人困惑的地步。白襯衫、藍牛仔及膝裙。若不是圍著圍裙，我會以為她是上班族。

這家咖啡廳，也沒什麼特別異常的地方。除了那幅嚇死人的曼陀羅外，幾乎沒什麼擺飾，每桌都放著一盆盆的香草盆栽，襯著雪白桌巾。菜單平實，食物還不錯，也沒什麼出奇之處。

但我就是知道她是個真正的巫婆。

這解釋起來很複雜也很難懂，就像異類之間彼此深知。通常異類的「溝通」，語言僅占非常微小的部分。他們比較像是用情緒「深染」，表達起來快速確實。

如果說，語言是強調輪廓的無形文字，那異類的深染就是純粹無輪廓的畫。完全靠色彩表現，範圍是面而不是點。

這位店主，當她看著我的時候，用的就是這種「深染」的表達。她很大方的讓我知道她的身分，就像我被迫讓她知道我和異類緣分不得已的深遠。

她深深看我一眼，又看看唐晨，然後笑了。

我忍不住在心底分辯，「我用不著扛他一輩子。」

她沒說什麼，只是自做主張的送上一壺我們沒點的花草茶。我覺得悶，而且惱怒。唐晨又不是我的責任，我做什麼要扛他一輩子？被這位巫婆店主這樣同情我很不爽。

但臨別時，她笑著說，「我是個孤僻的人，難得覺得妳我有緣。有空多來坐坐呀……」然後遞給我一大袋的花草茶和一小包圓形月長石。擋著用吧。瞧你們這樣的牽絆，連我這離開塵世的人，都覺得有趣的緊。她在心底說著。

還真謝謝妳唷，巫婆大人。我沒好氣的回嘴。

我名為「朔」。

瞪了她一眼，倒是大吃一驚。他們這些神神道道的修行者不論古今中外，真名都看守的死緊。我不知道她為什麼會告訴我。

林間薰風，珍重。她和唐晨和藹的道別。卻在心底對我說個不停。多愛惜妳那有羽毛的伙伴吧。

她養的黑貓竄出來，蹲在旁邊。

當天回程，意外的平安。我知道是因為有護衛的關係。

後來我跟朔成了不錯的朋友。像我這種怪人，也只能對她吐苦水。如果不是她花草茶和月長石支援，我恐怕沒有命念完大學。

我終於有了勉強算是武器的武器。我不用再拋擲我的「健康」，改用曬過月亮的月長石，效果差不多好，除了每打一彈我就心痛一下以外。雖說朔用很低廉的價格賣給我，但我的消耗量真的很驚人，老大爺根本不會補助我，唐晨又沒事就往危險奔。

但她和荒厄相處的非常惡劣……應該說荒厄單方面的張牙舞爪。真正相處惡劣的是荒厄和那隻叫做「關海法」的黑貓，他們見面總是劍拔弩張。

「她一定別有居心！」荒厄氣憤的大叫，「她一定是想把唐拐去吃乾抹淨，說不定還上蒸籠……」

「妳瞧見她心底的看法唷？」我目不斜視的看著書。

荒厄愣了一下，惱羞起來，「那種莫名其妙的巫婆，鬼也看不穿她的心思！我不管我不管！妳不准再去找她！哇呀呀，氣死我了，氣死我了！」

她氣得亂拔羽毛，滾在地上大吵大鬧。

翻了一頁書，我連理都不想理她。

之八 鬼屋

大體上來說，唐晨是個謹慎的人。

雖然說一整個行李袋的護身符都掛上是不可能的任務，但他一定隨身戴上一個，而且非常本能的識貨，總是戴最靈驗的那幾個。雖然說這等靈符總是擋災之後就香消玉殞，消耗得非常快，但看起來擋到學期末是有可能的。

書包永遠有金剛經和聖經，初二、十六必去跟土地公請安參拜，雖然被人看得有若干怪癖，但他和煦如春風般的性情和「人正真好」的定律，讓他的人緣極佳，頗有破表的趨勢。

我承認，的確他和我走得最近，但他跟其他女生感情也不錯。而且他真是個實心的好人，很早就坦承他高中就有女朋友，那個女孩上了清華，但他們還在交往中。

或許是他這樣坦白直接，我反而欽佩起來。人又不是石頭，日久生情在所難免。就算他無意，對方若是不小心動心了，這不罪過？他倒是直率，直接斷了這種可能，不像其他只想「朝下輸出」的男生……

這年頭連劈七八船都快成了家常便飯了，這樣復古又實心的好人真的不多見了。

但總有想「死會活標」的人，真沒辦法。

我們這系是文組，女生多一些。這些男孩子裡頭，無疑唐晨是最耀眼的一個。雖然大多數的人都擁有頑強的求生本能，不會把唐晨當交往對象，畢竟去古已遠，總有那種本能遲鈍到接近無，越看越喜歡，決心要「近水樓台先得月」的女生。

當中最積極的，是一個叫做「小戀」的女生。當然，這不是她真的名字。我這個童年失歡的傢伙，漫畫看沒幾本，西遊記紅樓夢這種砸得死人的古典小說看得倒不少，跟時代脫節的很厲害。

所以我壓根就沒搞懂又不寫小說又不寫詩的人幹嘛給自己取個叫做「七瀨戀」

的名字，還要大家都叫她「小戀」。我也搞不清楚為什麼會有什麼家族，同樣都是同學，為什麼有人是媽媽有人是奶奶，為什麼有人是寵物和主人。

這對我來說真是太苦惱了，複雜到紅學族譜都比不上的親屬關係表，難為他們都弄得明明白白，連我那幾個神經超粗的室友都搞得懂。

難怪我人際關係這麼差勁。我猜這跟邏輯學是有深重關係的，而我邏輯學得非常糟糕。

「那是網路裡頭的暱稱。」連荒厄都很瞧不起的說，「沒見過妳這麼不通氣兒的女孩兒！」

「網路？」我更茫然了，「網路不就是拿來查資料看小說嗎？」

「……妳是哪個年代穿越過來的大學生啊?!」荒厄忍無可忍，「妳連打個BBS和混個聊天室都不會嗎?!網路遊戲我就不指望妳了……連接龍都不會的傢伙！」

……為什麼我要跟陌生人隔個螢幕言不及義？有什麼話不能當面說？

「我不想理妳了!!」荒厄對我暴吼，「我還不如去看電視呢！」說著她就衝出去了。

……被自己的式神放棄到這種地步，我該不該悲傷一下？

咳，離題太遠了。

總之，小戀對唐晨很有意，難免對我就有點戒心。可能是唐晨跟我講話都是客客氣氣、正正經經的，也可能是我實在太不起眼，為人怪誕到頂港有名聲、下港有出名，所以很快就不把我當作假想敵，把唐晨拖到他們的小圈圈裡頭。

他們那個小圈圈，都是俊男美女的組合，最大的興趣就是唱歌。我被唐晨硬抓去兩次，雖然我畏懼那種封閉又熱烈的地方，但也不得不承認，他們那群歌聲真是不錯，長得又賞心悅目，真是上帝的寵兒。

但我跟他們壓根不對盤。他們的小圈圈容不得我這顆砂礫，我也不指望去了那邊能夠成珍珠。

我會對唐晨這樣關心，除了老大爺的委託，實在是不忍心這樣的好人被宿命吞噬。唱歌是不錯的嗜好呀，就是傷荷包了點。既然唐晨花得起，山路雖然凶了些，他身上那些靈符也不是吃素的，重要的是……

唱歌不會有什麼危險。

所以我心安理得的過我難得安靜的校園生活，反正他晚上出門頂多就是KTV，一個學期又不會有兩次夜教。

但我錯了。

所謂民意如流水，大學生的嗜好也是如此。不知道為什麼，校園突然刮起一陣靈異風，談鬼說異的風氣大盛。

這本來沒什麼，但談久了，自然就想來點親身體驗。

（是說他們住在這鬼地方，還覺得體驗不夠多？）

小戀他們那團人，開始流行夜遊。

夜遊就夜遊吧。這兒我們住熟了，荒厄在這邊也真的立了威，她愛死了唐晨，我都快搞不清楚荒厄的主人是誰了……整天跟著唐晨進進出出。

有荒厄跟著，還能出什麼事情呢？

但在學期即將結束，天氣冷到我裹著棉被、吸著鼻子看鏡花緣的時候，荒厄突然羽毛凌亂的摔在我床上。

她一身塵和土，拚命對我尖叫。情緒激動到我居然無法理解她的意思。

「……妳鎮靜一點好不好？」我瞪著她，突然感覺到非常不妙。「唐晨出事了？」

她這才哭出來，拚命點頭，「那屋子我進不去！有符……」

「屋子？」我問。

她顯現了一棟破敗陰沉，大門還被木板釘起來的屋子。

這屋子……還真眼熟哪……

這不是鎮上最有名的鬼屋嗎?!

我張著嘴，愣了兩秒左右。趕緊踢開棉被，拖著外套就往外跑，根本忘記我穿著睡衣。

等我發動機車，才發現我身上的睡衣。人命關天，誰理睡不睡衣呢？冷得要命，我卻在冒汗。

老大爺說得沒錯，他管的山，是沒有厲鬼的。但山腳下的小鎮，就不是他的管區了。

他喝了我不知道多少生活費，很慈悲的提醒我，小鎮有個大門釘起來的凶宅，不是玩耍的好地方。

「小鎮的管區管不動，連城隍爺都沒辦法。頂多將那群不受教的東西拘在裡頭。」老大爺殷殷告誡，「就算活著不耐煩，也別往那兒走！這年頭年輕人是怎麼回事呢？一個個慷慨赴義……」

老大爺雖然有點暴躁，但說一是一。讓他這麼慎重警告，絕對不會是什麼善地。我只遠遠的看過幾眼，連靠近都不敢。

這些人……好日子不過，幹什麼去英勇捐軀呢？這可不是老壽星吃砒霜，活得不耐煩？

越想越氣，別的人不長眼便罷，唐晨跟人淌什麼渾水？吃過苦頭的人，跟人瞎起什麼鬨?!

或許是我太氣了，連荒厄都說我殺氣騰騰，以往老愛捉弄我，隨便亂搭便車的原居民，逃得無影無蹤，異常順利的直抵鬼屋之前。

這棟鬼屋的歷史，我是聽說過的。（雖然是聽死人說的）

這戶的男主人用了一輩子的積蓄買了地皮、蓋了房子。但蓋好搬進去住沒多久，才發現丈量有誤，侵占了另一個地主大約十坪的土地。原本要買下來，那個地主獅子大開口，要不就要他拆房子還地。

兩家爭吵得厲害，鬧到法院去，還在爭訟，那個地主有點背景，天天有流氓去找碴，鬧得男主人精神衰弱。結果法院判下來，要他歸還土地。

原本就精神衰弱的男主人一時發了瘋，在廚房砍死了太太，上樓掐死了兩個睡夢中的小孩，在三樓的公媽牌位前，上吊了。

為了一塊十坪的土地，害得人家家破人亡。那地主惡人膽壯，執意要拆屋還地。機械才到門口就失靈，工人還沒開工就鬧了場食物中毒，接二連三，事故層出不窮。那個地主還沒五十呢，事隔不到半年就中風，躺在床上動彈不得，拖了十幾年才死。

後來沒人敢住那屋子，也沒人敢拆。只能把大門用木板釘起來，就成了小鎮有名的鬼屋。

現在我就站在這個鬼屋的前面。大門釘著的木板已經被拆了下來，半開半掩的。荒厄說什麼也進不去，我也不太想進去。

站在門口喊了兩聲，沒半個應聲。

我心底沉重，荒厄眼淚汪汪的看著我。「……若是唐晨被人吃了，我的面子要擺哪呢？」她嗚咽著，「我跟著他大半年連舔都沒得舔一下，現在他成了人家的盤中飧了！」然後放聲大哭。

……她畢竟是隻妖怪，思考邏輯反應得很忠實。

「我得進去找找符貼在哪……別哭了，還有，別把眼淚抹在我衣服上。」重要的是別把鼻涕糊在上面，「妳去找一下朔，萬一我出不來，請她幫幫忙。」

「她哪會幫忙？」她抽抽搭搭的，「剛我去她門首喊破喉嚨，她只跟我鬼扯什麼大道平衡不能干涉什麼鬼的……她頂多能幫妳收屍！」

我的心涼了半截。可不是呢，求人不如求己。「……妳還是去說一聲吧。最少……有人收屍。」

不然爛在裡頭湯湯水水的，等人聞味而來，可就尷尬了。

深深吸了幾口氣，我踏入大門內。

陰森寒冷如刀的空氣，讓我的心臟微微疼痛起來。

無關天候，這屋子承受了長久的怨氣，深深的滲進空氣中，像是毒素。雖說朔給的花草茶真的頗具療效（對我而言），但冰凍三尺非一日之寒，我這虛畏的體質不是幾帖花草茶就能撥亂反正的，要靠長期的調養。

但我再多雞婆幾次，九轉神丹都沒用。

雖然有這麼深的體悟，我還是自棄的嘆了一聲，在滿地雜亂的客廳喊著唐晨的名字。結果一點反應也沒有。

但唐晨是個存在感很強的人。即使沒有回應，我也感覺得到他在這屋裡的某處。也說不定是荒厄對他垂涎的妖氣所致。

這是個老格局的房子，一樓是客廳、廚房，還有個浴室。二樓應該是主臥室、書房和兒童房，三樓是神明廳。

最少我聽說的是這樣。

摸了摸外套口袋，彈弓和一小袋的月長石在裡頭，讓我稍微心安了點。有得防身，膽氣就壯，既然客廳看不出什麼端倪，我小心翼翼的看看最容易聚陰的浴室，只見布滿塵土，還有幾個看起來很新的腳印。

……這些人來鬼屋探險，不問一聲，居然還用過洗手間？

默默的轉往廚房。即使日常見慣，我還是被嚇了一跳。

那位太太背著門，正在一無所有的流理台上洗洗切切，像是在做飯。我沒膽子去看她在洗切些什麼……因為她很自然而然的，頻頻扶正幾乎要掉下來的頭顱……

自然到像是在撥頭髮一樣。

從我這個角度看過去，她脖子上見骨的傷痕因為不再出血，反而更怵目驚心，恐怕只剩頸後的一點點皮肉黏著。她是那樣的專注，專注到我走近也沒注意到。

看到她在洗切的是一條桌腿，不知道為什麼，我鬆了一口氣，又覺得有點悲傷。可能是事情發生得太快，她被驚嚇到麻痺，成了鬼了，只記得要餵飽一家大小，就抓著這一點記憶不放，洗洗切切，準備煮飯。

站了好一會兒，我決定最後處理她。她不是這屋子怨氣沖天的主要緣故，還有超度的機會。頂多嚇嚇人吧……但這是她的家，別的人硬要跑進來被嚇，又是誰的錯呢？

我轉身，卻看到廚房半開半掩的門縫，有個小孩在看我。他望著我，露出一個陰森的笑容，「嘻嘻。」

一閃就不見了，然後我聽到樓梯響動的聲音。

回頭看看還在切桌腿的太太，心情越來越沉重。大人的鬼魂，往往危害比較淺。他們容易被驚嚇，就算陷入麻痺的束縛中，還是隱隱知道有些不對勁，因為他們對死亡的了解比較多。

但小孩子，就是另一回事了。特別不講理，特別不了解。他們和荒厄比較接近，都是一種純真的生物。

但純真導致的殘酷也特別暴戾。

我往樓上走去，木製的樓梯發出令人牙酸的聲音。才在二樓樓梯口站定，三個房間的門一起「晃」地大響，關了起來。

模模糊糊的，兒童尖銳的笑鬧聲，喊著，「捉迷藏，捉迷藏！該妳當鬼了！」

天殺的，我距離童年已經過度遙遠了，再說我也從來沒有捉過什麼迷藏。

要求一個童年失歡的怪胎這種事情，實在太過分了。

溫度真的越來越低。我的嘴裡不斷的冒出白氣。彎曲手指，居然凍到發疼。

一間間的打開門，卻什麼都沒有。眼角偶爾會閃過白影，但定睛去看，空無一物。

本來以為是那兩個小鬼玩我，但看身高……未免也太高了。而且數量也跟這屋子的遇害人數不合。

捉迷藏？

就我薄弱的認知來說，捉迷藏有兩種。一種是躲起來，讓當鬼的人去抓。另一種是當鬼的矇住眼睛，伸手亂抓圍繞在身邊的人。

我只看得到模糊的白影，而我在當鬼。

我裝作若無其事的看著旁邊，此起彼落的尖笑聲響亮。等模糊的白影又從眼角掠過時……我迅速的抓住那個白影。

尖叫聲和兩個小鬼失望的叫嚷交織成一片，我在心底冷酷的說，「我贏了。」

我找到了來鬼屋探險的那群笨蛋。

「妳要嚇死我喔！」等他們的手電筒照到我臉孔時，氣得大罵，「突然抓住我的手臂！人嚇人，嚇死人欸！妳怎麼會在這裡？」

暗暗的鬆了口氣。看起來這群神經遲鈍可比恐龍的傢伙沒受什麼傷害，頂多在這黑屋子亂轉而已。

「睡不著。」我面不改色的胡扯，「聽說你們來探險，就想來看看……」環顧四周，我覺得血液都從臉孔退守了。

這群人裡頭，沒有唐晨和小戀的影子。

「咦？」他們大夢初醒似的鬧起來，「唐晨和小戀呢？他們不是在我們後面嗎？」

老天。沒想到會這麼糟糕。

真感謝我說謊的段數屢經磨練，已經到了登峰造極的地步。「他們該不會是先出去了吧？剛我恍惚有聽到他們下樓的聲音……」

「怎麼撇下我們，製造機會也不是這樣的……」他們發著牢騷，魚貫而出，我走在最後面，等他們離去，我又閃身回到鬼屋。

救這些傢伙不是我願意的。跑到人家家裡亂鬧，連主人都不問一聲就用洗手間……真該給他們點教訓。但我不想讓他們摻在裡頭亂。

我有很不好的兆頭，即使這樣仔細搜尋，我還是找不到那張應該有的符。

再度爬上樓梯，這次就遇到一點阻礙。那兩個小鬼咬牙切齒的從木造樓梯的縫隙抓住我的小腿，又喊又叫，要我賠。

是說，你們把那群不長眼的白目當玩具？

「對不起喔，」我冷冷的對他們說。白目歸白目，到底是我活生生的同學。你們是想困住他們多久？「我不是溫柔善良的大姊姊。」

抓起月長石和彈弓，將他們倆打得一跌。這兩個小鬼又哭又嚷的衝進廚房，找差點斷頭的媽媽安慰。

我倒是心痛了。這麼小一袋月長石，沒有十來顆，要價三百五十新台幣。雖然我知道已經是特惠價，但對我這窮鬼真是流血輸出。

一面哀悼我的新台幣，一面爬上三樓的樓梯。

脖子長得像是蛇的男主人，搖搖晃晃的趴在供桌前，像是在禮拜。

但我當然知道不是啦。因為躲在供桌底下的，正是我遍尋不獲的唐晨。喔，對，還有小戀。

（我怎麼那麼容易就把她虛線化呢……？）

討厭，怨氣沖天的……明天我一定會傷風發燒。不耐煩的發了一彈，引起男主人的注意。很好，我的錢又丟到水裡了。

他轉頭，可怕的用眼白看我，舌頭伸得老長。

唬唬別人可以啦，唬我？

「你們這家子已經快花了我一百多塊了，兩個便當！」我整夜的怒氣終於爆發了，「還不快給我閃遠點！巴著活人做什麼？不長進的東西！」

反正罵罵也無妨，他們又出不了這屋子。我真讓荒厄的欺善怕惡薰陶得太好。

他咆哮著，像是一點靈智也不存，撲了過來。我又發了一彈，打碎了他半個頭顱，但他居然一無所覺的衝過來……我只好打斷他的腿。

但他居然匍匐的像是蛇一樣，緩慢卻堅持的爬過來。

這種感覺，很熟悉。

這樣弱智又堅持。我只能打傷他，卻沒辦法滅掉他。只有荒厄才有辦法辦到……畢竟我不過是個有稀薄妖氣的普通人。

即使我閃得快，他還是猛然一撲，在我大腿上惡狠狠的抓了一把，把我拖倒。他掐著我的脖子，腐敗而惡臭的氣息噴在我臉上，真讓人無法呼吸。

到最後簡直成了體力上的纏鬥，我的體力恐怕連五歲孩兒都打不過。最後我抓著月長石，硬塞到那傢伙的喉嚨，他瞪著眼睛，抓著脖子亂滾，這才得到脫身的機會。

我趕緊撲到供桌下面，唐晨看到我，大驚失色。「……蘅芷?!」

誰有工夫跟他打招呼寒暄哩？我一把將貼在供桌下面的符給撕了。「荒厄，」

我怒吼，「回來！」

荒厄發著尖銳的嘯聲，抓滅了正在亂滾的男主人……卻發出一聲驚恐的哀號。

腐敗的鬼體，爬出森然整齊的一套骨架，沒有幾秒鐘就肉其白骨，成了一個全裸而妖豔的女人。

荒厄的思緒如閃電般快速的洶湧而入。我一下子就明白發生什麼事情了，也知道情形嚴重到不能再嚴重。

我立刻沾著大腿上的血，在唐晨雪白的外套上，抹畫了一個奇特的記號。

那個妖豔的女人和荒厄都瞪著我。

荒厄勃然大怒，妖豔的女人發出一串響亮如狗吠的笑聲。「這真是千年難逢的趣事！太可愛了，太好笑了……哈哈哈～可笑到我都有點捨不得下手！」

不用提醒我，我也知道這很違背常理，也很白痴。但我還是按著唐晨的腦袋，「這是我的！總有個先來後到！」

「就妖族的規矩來說，妳沒有錯。」妖豔的女人同意我，但又放聲大笑，「但就一個人類來說……哈哈哈，哈哈哈哈～」她笑得聲嘶力竭。

「天快亮了。」我冷靜的提醒她，「雞鳴已起。」

她擦了擦眼淚，強忍住笑。「我笑軟了手腳，也沒力氣用餐。」她瞥了一眼荒厄，這沒用的東西居然開始發抖。「解魄寄生，也該找個頭腦正常的人類，妳一定要挑這樣智障的嗎？」

荒厄漲紅了臉，又羞又氣的。「關妳這白骨精什麼事?!」但氣勢實在衰頹到快低破地平線了。

妖豔女人冷笑兩聲，「看在妳們逗得我很開懷的份上，這夜就算了。小丫頭，妳既然說唐僧肉是妳的……又留了記號。最好一輩子都縮在老土地的袍子後面發抖，出來就是妳的死期哪～」她又媚又嬌的拖長了音，這才消失不見。

唐晨大約是頭回見到這種陣仗，眼睛都直了。「……我在做夢嗎？」

「沒錯，你在做夢。」我沒好氣的回，「你說說你為什麼和小戀蹲在這裡？」

好一會兒，他才聽懂我的意思。「……他們硬要來探險，但這兒讓我不太舒服。後來我跟小戀和大夥兒走散了……小戀一上三樓沒多久就昏倒，我想帶她出去，卻找不到樓梯，屋子裡又有看不到的東西在爬……只好帶著她躲到供桌下……」

他語無倫次的解釋，瞪著荒厄。荒厄卻沒樂得飛飛，同樣直著眼睛，不知道在發什麼愣。

他能躲這麼久，運氣真是好到爆炸。讓荒厄進不來的符，應該是某個高人奉城隍爺的命令來貼的，就在供桌下面。雖然讓荒厄碰壁，也讓那個厲鬼摸不著……大約連那個白骨精都沒皮條。

我瞥了一眼昏死的小戀，她脖子上鬆鬆的套著一截繩子。大約是男主人用來上吊的吧……

反正死不了，讓她多暈一會兒好了。我現在腦子亂紛紛的，可不想安撫她的尖叫或問題。

操弄死者，還有誰比白骨精更行呢？夜教那群冤鬼，這屋子的厲鬼，大約都讓她收服為倀。倀鬼原本就弱智，奮不顧身的。她沒膽子和老大爺對槓，就驅使這些倀鬼們前仆後繼。

瞧荒厄那副沒出息的樣子，大約是頗有道行……吧？

愣到現在，她才終於罵出聲音，一連串的髒話。「妳居然膽敢搶我口裡食!?」

「我不會吃唐晨的。」我不耐煩的將她推開，幫著唐晨背起昏迷的小纞。

「妳都下了記號了，還是戾鳥的記號！」又是一串子流利的髒話，「妳知不知道妳做了什麼？妳做了什麼？啊?!」

直到我把唐晨和小纞送回學校（最後我有拿下那截繩子了），荒厄完全不饒我，嘀嘀咕咕的罵了大半個月，氣得不得了。

我猜她是太氣了，才會去找老大爺抱怨訴苦。他們明明不對盤的。

老大爺招了我去，臉都綠了。

「……妳在唐僧的衣服上做記號?!」祂怒吼。

我左耳的聽力已經完全喪失，現在我開始擔心全聾的可能性。

「你們幹嘛看得那麼嚴重？」我分辯，「我不搶先做個記號，那個白骨精上前就吃了，連談都沒得談……誰讓我把符給撕了呢？我既然先做了記號，照妖怪的規矩，她還得先跟我談判，談判不成才要動手……」

「那是妖怪的規矩！」老大爺聲音更大，「妳好好一個女孩兒，跟人家依什麼妖怪的規矩?!妳當就這麼一個喔？白痴！妳既然下了記號，就是一輩子的事情！誰要吃唐僧都要過妳這關，都得來找妳談判拚命！我是叫妳別讓他死在學校裡，誰讓妳去扛他一輩子?!啊？混帳東西！別指望我會罩妳！我的事情不夠多？吭？」

我當然知道。我和荒厄相處這麼久，她轉什麼念頭我不清楚？她不只一百次想在唐晨身上留記號，可惜她的殺意得仰賴我。

我不想殺唐晨，但性命關頭，除了這樣，怎麼保住這個好人？結果大家都罵我。當然啦，我想朔不會罵我……但她早就知道我會扛著唐晨一輩子。

我突然悲傷起來。

「說話啊，ㄚ頭！不是很能說善道？現在都成了啞巴？」老大爺還在罵。

「我不敢麻煩老大爺的。」我悶了，「歡喜做，甘願受。」

我第一次知道神明也會飆粗口。

「……也不問問自己有多少斤兩，說這樣大話?!笨蛋！白痴！智障……妳說不要人罩就不用？我妳養的狗？」

祂越罵越偏離主題，著著實實的發了頓脾氣。

我大學的第一個學期，就在老大爺和荒厄的夾殺攻擊下，黯淡的結束了。

不過，這次鬼屋歷險有一些後遺症。

那群罵我罵得挺開心的笨蛋，發現他們居然在鬼屋裡轉了將近四個鐘頭。若不是我去了，他們恐怕還不知道要轉多久……唐晨沒有說什麼，但小戀超誇張的說是我去救他們的，沸沸揚揚，我突然成了「靈異少女」。

荒厄的怒罵還在耳邊，已經有人來找我收驚和問事了。居然還有人神神祕祕的問我懂不懂放符或降頭，能不能代辦報仇。

真高興學期結束，我趕緊躲到朔那兒避難。她很好心的將樓上的一個小房間租給我寒假住，只是她看到我時總是笑得非常開懷。

我現在只能祈禱，過個寒假，這個倒楣的傳聞就能平息。

為什麼我的大學生活是這個樣子呢……我真是欲哭無淚。

之九・碟仙

開學一個禮拜，就沒人記得我真正的名字了。

我不是說，同學跟以前一樣把我當隱形人，如果是這樣就太好了。現在他們都叫我「默娘」。

最讓我想飆粗口的是，我怎麼那麼倒楣剛好姓林。

我是不想應，但跟我結伴吃飯的室友都會很熱情的幫我應了。我只能默禱，希望媽祖娘娘了解是小孩子白目起鬨，我並不是想剽竊姓名版權。

這個倒楣的綽號若說有什麼良好的收穫……那就是荒厄狂笑了兩天以後，終於原諒我「搶食」的罪行，她樂得飛飛的到處說這個好笑的八卦，還說到老大爺那邊去。

十六我去上香時，老大爺瞅著我，「唷~靈異少女林默娘來了。」

……我真的想把手裡的酒瓶直接砸在祂腦袋上，可惜我沒種。在荒厄和老大爺的放聲大笑中，我異常屈辱的斟酒。

「丫頭，幹嘛苦著臉？」老大爺心情頗好，「聖后的閨名兒辱沒了妳？別人想都想不到呢！前些時候我跟她鹿港分部的案下通信兒，提了這事……」

「什麼?!」我尖叫起來。在學校這邊丟臉就算了，還丟到鹿港去？而且還是正主兒面前去？

「慌什麼？」老大爺老神在在，掏出個香包兒，「聖后慈悲得緊，笑完還賞了這香包給妳護身。聖后說，『可憐這孩子命苦，名兒就借她吧。千山萬水的，一時保護不到，這香包兒給她擋擋。』妳瞧聖后人多好！妳以後就大方應了吧……」

接著，老大爺又暴出一串狂笑，雪白的鬍子都飄飛了。

我難堪的接過手，朝著鹿港的方向遙叩謝恩了，心底真是非常複雜。

……其實你們這些神明閒極無聊，都當新鮮笑話到處傳是吧？到底白痴到用妖怪身分扛個唐僧肉一輩子的智障非常稀有。

但我誰？我不過是個被倒楣戾鳥附身的倒楣鬼。老大爺說什麼，我敢說不嗎？誰讓我又在祂案下塞了三個人口……把鬼屋的老公滅了，老婆和兩個小孩又超度遙遙無期……

我不扛這責任，又讓誰來扛？

現在在我名下的鬼口已經暴增到九人，老大爺一說不要，我還能活過一刻嗎？為什麼我就是到處給自己找麻煩……

結果我名下的九個鬼使跟老大爺一起笑得很歡，包括我的式神荒厄，一整個聲勢浩大。

真的越來越悲傷。

更悲傷的是，這個「靈異少女林默娘」的倒楣綽號，早就傳遍了整個校園。原居民笑得東倒西歪，決議要讓這個綽號名符其實。

對於這麼不像樣的群體起鬨，我真的越來越無力。

我以前安靜如隱形人的校園生活都被毀滅殆盡了。老有人來找我問學業問前程問愛情，這個我還可以婉拒，「天機不可洩漏」真是個良好擋箭牌。

但來收驚的人川流不息。

我看了她一眼，全身無力。我們這校園，是赫赫有名的鬼地方。什麼冤親債主在這兒更顯得生氣蓬勃。老大爺在這兒主持，雖說這些怨鬼不敢損傷人命，但嚇一嚇，弄點小毛病，老大爺是不管的。他們也真有耐性，這樣也高興。

但這關係到因果，我是能有什麼辦法啊?!

帶她來的同學都熱切的望著我，原居民也想知道我準備怎麼辦，結果死的活的、氣勢磅礡的圍了一大圈，跟著那位女同學的冤親債主揚著文書張牙舞爪。

「……我不會收驚。」我虛弱的說。

群眾不滿的嗡嗡聲響起，那個冤親債主得意洋洋。

我正在跟女同學和她親切的伙伴們解釋我真的不會收驚時，荒厄飛回來湊熱鬧。壞就壞在那個冤親債主不該那麼得意洋洋，惹動荒厄的脾氣。

她用鼻孔看著那個冤親債主，「瞧見我就該閃遠點了，拿著那紙破文書想嚇唬誰？」她老實不客氣的一閃，晃地一下扯碎了地府發出來的文書公文。

我嚇呆了，那個冤親債主也嚇呆了。他還能放聲大哭呢……這麼多人（不論死活），我又不能掉眼淚。

「……咦？」那個眼淚汪汪的女同學詫異，「我的頭不痛了！我……好輕鬆啊……謝謝！謝謝謝謝！」她滿臉眼淚鼻涕的拚命搖動我的手，「妳真是太厲害了！果然是靈異少女林默娘啊！」

……我不是那個倒楣的靈異少女！而且這事兒比天還大！我惹到陰曹地府去了！

這件事情被那個冤親債主一狀告到地府去，老大爺居然出面擺平。最後我斷髮去甲（剪去頭髮和指甲）燒了以示懺悔，拿十年福報抵償，才讓事情了結。

付出這麼重大的犧牲，這些同學啥都不知道。來收驚的越來越多，連校外的都帶來了。但是這件公案傳得遠了，來收驚的人站在我面前，只要吃了荒厄一瞪，冤親債主都抱緊文書簌簌發抖，決定安分到大學畢業。

……這完全只是誤會一場！救命啊～

＊　＊　＊

這個可怕的風潮一直到我出了場車禍才算了了。

其實車禍的規模不大（跟以往比起來），也是我自己不小心。我明知道白骨精虎視眈眈，就不該想是白天就沒事。那天好死不死，剛好是日全蝕，我又沒注意。

結果在大轉彎被她一撲，我「雷殘」了。但她也吃了苦頭，畢竟聖后親手給的香包不是凡物，她大吼一聲，整個手臂都燒了起來，欺善怕惡的荒厄又趁機偷襲。

比起我的傷勢，她可嚴重多了。我頂多擦傷多了些，腳踝扭傷。她燒了隻手臂，還讓荒厄抓掉了一只眼珠。

荒厄得意得不得了，說沒將養個三年五載是好不了的。

「……那時我剛好畢業。」我沒好氣的說。

她的臉馬上垮下來。

我一跛一跛的牽起機車，還是照樣騎到山下，連醫院都沒去。反正朔的醫術比醫生好，而且擦點藥膏裹個傷她是不跟我要錢的，連花草茶都免費。

但她把我的腳裹得跟木乃伊一樣。

「……需要這麼誇張嗎？」我整個囧了，所謂久病成良醫，這是扭傷，既沒有脫臼，也沒有骨折。

「這是為妳好。」她笑，「妳還想剪頭髮嗎？都剪這麼短了。」

百思不解的回到學校，等小汀義憤填膺趕人，我才恍然大悟。

大家都知道得一知半解，像我這樣替人擋災（雖然是誤會，我一點都沒這麼想），總是要付出代價的。這起「嚴重」車禍讓他們害怕了（其實只是包得大包點），雖然覺得自己的問題很重要，但也不想讓我真的喪命。

……但不知道為什麼，我紅了眼眶。

人類雖然有很多缺點，自私又白痴。但基本上，都有很善良的一面。生前死後，都是如此。

感受到他們柔軟的心意，讓我覺得尷尬卻溫暖。

從那時候起，除非是真的很大的事情，幾乎沒有人來打擾我了。就算偶爾有些人來起鬨，我的同學都會瞪他們，把他們趕走。

「……我好想吐。」荒厄一臉受不了，「嘔……這些人，太噁心了……」

我溫柔的撫了撫她的背，她很乾脆的吐在我身上。

……戾鳥其實也滿纖細的。

但我遠遠的看到唐晨，就趕緊飛跑進宿舍。

開學兩個禮拜了，我的確在躲唐晨。其實這不容易……但我總是有辦法的。避免獨處不難。自從這個可怕的綽號和謠言以後，我的身邊圍滿了人（不論死活），而他人緣好，小戀又像水果似的長在他身邊。

不是說我討厭唐晨。我還是很關心他，覺得他是個很好的人，是該開開心心的生活在太陽底下。但我既然已經將他的災難轉到我身上了，就沒有盯著他的必要。

我只要還活著，所有想吃他的異類，都得來找我談判拚命。這是魯直妖怪的規矩。如果我死了，那我也已經盡力而為，他還有父母豐沛的愛和信仰良善的心腸足以抵擋宿命。

已經給他太不好的影響了。他看得到荒厄，這就已經太不好了。人呢，多少都有一點這種靈感，所謂陰陽眼。這種天賦如果不去使用，年紀漸長就會消失殆盡。

我是沒辦法，荒厄寄生在我這裡，被迫得看得到。而原本看不到的唐晨，或許因為跟我接觸太多，也漸漸的「開眼」了。

這對他很不幸。

為了他好，還是拉開距離吧。他朋友多，不缺我這個陰陽怪氣的傢伙。

「……妳幹嘛變得這麼好心腸？」荒厄逃遠點，「我的胃啊～」

「這不是好心腸。」我別開臉，「我很羨慕他。真希望……我的人生跟他一樣……」

被各式各樣的愛圍繞。

我想啊，我這輩子的命運已定，永遠就這樣了。但是，最少有人示範一種幸福美好的人生，顯現一種可能性。

這樣我才覺得，這世界不算太壞。

荒厄乾嘔著飛了出去，她還真的滿纖細的哪。

* * *

我提過，我們學校是禁止玩碟仙的吧？據說某個社團的在團辦玩過一次，出事了。但出什麼事情，我知道的很隱約，只知道老大爺發了好大一場脾氣，原居民也不肯講，只說活人白目，不該做的偏要做。

雖然私底下還是有人偷偷的玩，但沒出什麼事情。聽說是出過那次事情以後，老大爺就不喜歡原居民去攪和。他們在這邊住這麼久了，大抵上是很聽老大爺的話。

畢竟老大爺並不是那種一味偏袒活人的管區，公平正道的，自然得人心。

但是呢，年輕人嘛，總是好奇殺死貓的。就在一個月黑風高的夜晚，我和室友都睡得胡天胡地，卻被驚天動地的敲門聲吵醒了。

我才張開眼睛呢，還沒搞清楚就被拽下床了，又是拜託，又是哭又是叫，亂烘烘的，我只能直著眼睛發愣。

荒厄撲了進來，滿臉興味，「玩碟仙呢，這起小孩子可惹到籤王了。」

「好可怕喔，」終於有個人說話略有條理，「默娘妳快來看看，有人昏倒有人好像鬼上身了……」

我猜我的血液都從腦袋退守了，空氣異常稀薄。轉身抓起我的外套，急匆匆的往外跑。

他們還真能挑地方，一挑就挑到正鬼門，那個經年累月鬧鬼鬧到雞犬不寧的運動器材室。裡頭的器材早就搬開，就在正中間擺了桌子，擺著一個細緻精美的青花瓷碟……

瞧那暗氣浮動，頗有歷史的模樣……別告訴我那是百年大墓裡頭的殉葬品。

讓我更暈的是，那只碟子就浮在桌子的紙上約一指節的高度。幾個學生就搭著一指在上面，又哭又叫，說手指拿不開。有的乾脆昏倒了，趴在桌上，但手指還搭在上頭。

「……安靜！」我大吼一聲，原本吵吵鬧鬧的人群安靜了下來。

這時我才注意到，有個人坐在椅子上，兩眼翻白，全身微微抽搐，露出一種似笑非笑的詭異神情。

我想有長眼睛的人都知道，這傢伙不是發了精神病就是鬼上身。但我想後者的可能性大一點……而且依照我寒毛直豎的程度，和荒厄死都不肯接近的模樣，我猜是惹到大咖的了。

「你要什麼？」單刀直入最快，誰耐煩跟他在那邊打招呼。

碟子開始移動，引起一陣低低的驚呼。

「唐僧」。

同學可能莫名其妙，但我心底雪亮。他要的就是唐晨。我瞥了一眼，有些欣慰唐晨不在裡頭。

深深吸了口氣，我改在心底說，「你要唐僧，依規矩，得找我談。」

他冷笑的，用翻白的眼睛瞪我。

我有一種不好的感覺。他不像是我熟知的死人或妖怪。而是一種更深沉、更黑暗，力量更巨大的玩意兒。

碟子又開始移動，依舊是「唐僧」兩字。

「你得找我談。」我很堅持，「先放過這些凡人。還是說，沒有這些凡人，你就連現身都不能？」

他突然發出可怕的咆哮，十指箕張的撲在桌子上。

「別刺激他！」荒厄突然尖叫，「他不是妖怪，是魔，是魔啊！」

……這下可好，真的是籤王中的籤王了。

愣了一秒，我在心底罵荒厄，「妳不早點提點我！」

荒厄嚇慌了，「……」地只有一魔。我哪知道糟老頭本事那麼大，怎麼會有魔潛伏在這兒……人家也是剛剛才瞧出來，妳就急著罵人家！」說著，就哭了。

哭哭就濟事的話，妳不哭我都打到妳哭！現在哭管什麼用呢真是……

「老大爺，救命啊！」才硬著脖子不肯給人罩的我，還是很沒出息的喊救命了。

人呢，多少把魔看小了。實在魔在人間很少，也不常出手。但你想想，神和魔是並列的，要論排行，把人嚇得魂飛魄散的鬼魂兒還要排在最末班，連荒厄這樣不能變化人形的妖怪都能對著鬼魂兒逞威風。

但荒厄遇到能變化人形的白骨精馬上矮一截，白骨精這樣的妖怪也算中上等了……若看到魔，大約會恨沒多長兩條腿，能跑多快跑多快，能跑多遠跑多遠，別想挨魔一指頭。

這樣排一排，我想你就知道魔的位階在哪兒了。

咱們學校福大命大，當家的管區是個出類拔萃的土地公，換個弱點的就只能祈禱冥福了。

「……我能有什麼辦法？」老大爺脾氣很壞的回，「一起欠砍頭的小鬼！」

「老大爺，您發發慈悲，」這下我真的要哭了，「我死就是一屍十二命。不看我的小命，也憐憫一下這一大幫子！」

我這麼一死沒什麼，但荒厄和九個鬼使都得陪我走了。外帶無辜的唐晨一條命，總共十二個生靈死魂，都湊足一打了。

到今天呢，我才知道我這麼重要。

老大爺就是心好，我猜就算我不求，他也會處理，只是給這些小孩子吃點苦頭罷了。

「妳去把唐晨叫來，趁那老不死的傢伙撲過去的時候，把那碟歸本位。」老大爺嘆了口氣，「歸了本位馬上砸了碟子。別讓那老不死的有機會爬上來。」

「……萬萬不可！」我驚恐起來，「我在不行麼？他要唐晨不得先跟我談……」

「那是妖怪的規矩！」老大爺凶起來，「他要跟妳依什麼妖怪的規矩？他是魔欸！囉囉唆唆個什麼？要不是妳讓那鬼鳥害了，當不成乩身，我需要在這兒窮急？快去做！老兒還會害妳嗎？白痴！」

被罵了一頓，我百般掙扎，開口說，「……找唐晨來。」

我開口說話，這屋子裡的人才大夢初醒，面面相覷。

「愣什麼呀？」我急得跺腳，「快把他找來！」

實在不想把他捲入這種危險中，但我真的沒辦法。他才到門口，被老魔附身的傢伙，突然跳了起來，往他撲了過去，我趁機把手按在碟子上，發現跟長了根沒兩樣。

「荒厄！」我尖叫，「保護唐晨！讓人吃了，妳面子要擺哪？」管顧不得旁人怎麼想，開始和那個鬼碟子角力。

我只聽到身後乒乒乓乓，哪有工夫回頭呢？我只能賭荒厄對食物的執念，拚命推那碟子，無奈重得要命。

我火起來，摸到口袋的彈弓，想也沒想就往碟子敲下去，那碟子居然怕打，往旁邊一挪，我順勢弄到本位，那碟子軟軟的貼在桌上，其他人發現手能離開了，慌忙奔逃，還記得把昏倒的人拖開。

砸了這碟子……好，拿什麼砸？想到他怕彈弓打，我摸了口袋裡的月長石，連珠炮似的射了十幾彈，那碟子讓我打得稀巴爛。

令人牙酸的尖叫響了幾秒。我回頭，唐晨倒在地上，被附身那傢伙坐在他身上，眼神漸漸清明。他看看我，又看看桌子上碎裂的碟子，突然慘叫，「那是清朝的古董啊～」

若他不是個大活人，我一定抓著彈弓把他打得跟那個破碟子一樣。

我將他用力一推，趕緊察看唐晨怎麼了。但不管我怎麼搖，他動都不動一下。我怕死了，連脈搏都測不到，只好將耳朵貼在他胸膛。

很穩定的心跳。

然後我聽到他在說話，透過胸腔的共鳴，真是強而有力。

「得出了事，妳才願意不躲著我是吧？」他冷冷的說。

敢情他還生我的氣哩。

我慌忙坐直，他怒氣沖沖的也坐起來，瞪著我。

鬆了一口氣，又覺得委屈。開口想說話，結果話還沒出冂，眼淚倒是啪啦啦的掉個不停。

唐晨這王八蛋，居然抱著我，也跟著哭。

這件碟仙事件，讓氣急敗壞的校方記了幾個首謀大過。不過我沒被波及。

但我一點幸運的感覺也沒有，因為我被更嚴重的八卦浪潮給淹沒了。在場的人把這個事件擴大到封神演義的地步，想像力豐富到應該去當作家騙稿費才對。

但這不是最糟糕的。更糟糕的是，我和唐晨相擁而泣被誤會成「靈異版神鵰俠侶」。

我真的要瘋了。

好在事情發生隔兩天，就是連續假期。我連忙衝下山，躲在朔那兒等謠言稍微平息。

但躲得了八卦的同學，躲不了唐晨。

他拉長了臉，一定要我解釋。我真是欲哭無淚。

「……這說起來很長，你又沒一生的時間聽我說。」我儘可能的開脫。

「妳怎麼知道沒有一生的時間？」他脫口而出。

讚，這下子更尷尬。我們倆一起紅了臉，荒厄笑到從我左肩栽到地板上，痛得齜牙咧嘴。

她為了面子和食欲，勇敢的挑戰老魔。雖說是個死了八九成的魔，也是勇氣可嘉了。當天我讓她喝了不少血，她還是一副奄奄一息的模樣。現在居然又為了笑扯動傷口。

我只能說活該。

唐晨望著在地上掙扎的荒厄，「……我看得見她。她拚了命保護我。」

能夠藉機轉移話題也算好事。我輕咳一聲，「……她叫荒厄。」

然後就沉默了。我不知道該說什麼，他像是在等些什麼。

「妳不打算告訴我更多嗎？」唐晨用他好看的眼睛注視著我，「自從鬼屋以後，我出的意外變得很少。」

我乾笑兩聲，「那不是很好嗎？」

「但妳的傷痕變得很多，甚至出車禍。」

我的笑容凝固，突然不知道該做什麼表情。這些呢，是我自己雞婆，跟唐晨是沒關係的。我不喜歡被人情感勒索，所以我也不願意這樣對待別人。

「……是我自己不小心。」

「我不是笨蛋，蘅芷。」他有些動怒了，「我知道我自己是怎麼回事。我世伯勸我出家，因為我不該在塵世。我並不希望……」

「沒有人不該在塵世的，你都生在這個世界了。」我打斷他的話，「你又不是因為信仰出家，那有什麼用？你這樣的人，有那麼多人愛你，就該好好的生活著，好好的享受人生。一切都會很好的，我保證。」

「為什麼妳可以保證？蘅芷？妳做了什麼？」

這下子換我生氣了，「我沒有對你做任何壞事！因為我很喜歡你……」看他臉色通紅，我趕緊補一句，「……就像朋友一樣的喜歡。」

他好一會兒沒說話，「別替我攬下什麼災難。」

「我沒有啊。」我注視著他。

「妳說謊的時候呢，眼神都會往右上一飄。」

……媽的。觀察那麼入微做什麼?!

「我要妳答應我，不要做任何危險的事情。」他嚴肅起來。

「你如果也這麼答應我，我就答應你。」我沒好氣的回答。

「我答應妳。」他正色，「還有，蘅芷，別躲著我。」

「你不了解，我這是為你好……」我發起牢騷了，「我不是普通人……」我指了指荒厄，「你跟我接觸太多了，就會看到……不該看的東西。」

「妳怎麼知道這樣是為我好？什麼是對我好，妳知道嗎？妳最少也問問我吧？」他的神情轉哀傷，該死的「人正真好」定律。「我覺得妳躲著我，對我才是最不好的！我不怕看到那些！」

做了個我自己也不懂的手勢，我頹下雙肩。「……嗯。」

他瞅了我好一會兒。「我有女朋友。」

跟我說這做啥？「我知道啊，早就知道了。等等，你別誤會喔，我沒有……」

「我知道。所以我很珍惜妳。」他低頭，「如果妳是男生就好了。就算不是，妳還是我最好的朋友。」

……最好的朋友。

哎，別人可能會覺得沒什麼。但對我這怪胎來說，像是有人把一份珍貴的大禮放在手心。我的人際關係糟糕到這種地步，我很明白純粹的友情對我來說是奢求。

室友們待我好，是一種憐憫所致。雖然我也很感激，但我知道永遠不會發展出平等的友情。其他人喊我「默娘」，認為我是「靈異少女」而不排斥，是因為哪天惹了亂子會有個有力的人（其實是誤會）幫忙。

但唐晨，卻是平等的、友善的伸出手，說我是「最好的朋友」。

握住他的手，我忍住眼淚，點了點頭。

但我忘了這兒是朔的咖啡廳，忍痛的荒厄也在旁邊觀看。

兩小無猜，真好哪。朔輕笑。

朔，別亂。我有點惱怒了。

青梅竹馬是吧？念大學了算不算青梅竹馬？會不會老了一點？荒厄很感興趣的湊熱鬧。

妳給我閉嘴！對待荒厄就不用那麼客氣了。

她又不提供我免費的花草茶。

之十 女朋友

碟仙事件落幕後，還附帶一個讓我頭痛的後遺症。

校長把我找了去，繞了半天圈子，問我家裡的「宮廟」能不能幫忙做個法事什麼的。

……我去哪裡生什麼「家裡的宮廟」？

我費盡唇舌，無可擺脫，最後我把老大爺一推，順便說了一大串好話……沒幾天，我們學校的土地公廟就辦起熱鬧，聽說校長落了重本，上了不少貴死人的威士忌。

真讓老大爺和原居民都吃到嘴角流油，神采飛揚了好一陣子。

吃人嘴軟，拿人手短。這些窮極無聊的原居民真的安分許多，學校那些鬼話連篇平息不少。這下子我反而被帶累了，出了點雞毛蒜皮大的小事，校長都要找我去問問，讓我不堪其擾。

……廁所改建真的不用問我，我怎麼會知道?!

不過就是老大爺被這些酒哄得很開心，好一段時間都對我和顏悅色。甚至很大方的告訴我碟仙事件的真相。

這個墳山根柢，鎮壓著一個死個八九成的老魔。實在是太虛弱了，虛弱到非開壇召喚，乩身附體才能有所作為。以前團辦會出事，就是剛好有個乩身在內。

那時老大爺無計可施，只好跟老魔搶乩身，還搶贏了，歸了本位毀了碟。但讓神魔這樣搶乩身，普通人一定會傷殘的。那個學生就住院住了很久，出院之後還帶個註定壽促的病根，絕對活不過四十。

這事讓老大爺耿耿於懷，才會日夜騷擾當時的校長要他定這校規。定是定了，校長也嚇到提早退休。後面的人知道鬧得風風雨雨，就把這條校規留下來。

「您老本事這麼大，怎麼不乾脆斬草除根呢？」趁祂心情好，我趕緊問。

「殺殺殺，你們這起小輩就只知道『殺』！」老大爺瞪起眼睛，「有陰就有陽，有善就有惡，這就是天理循環。怎可能有陽無陰，有天無夜？這世界，就活人可以存在？太笨、太笨了！凡事都有規矩。沒規矩不就亂套了？我問妳，一地僅能有一魔，妳是知道的。妳是要個能轄治、可鎮壓，死個八九成的老魔呢？還是要個年輕力盛，翻天倒海的大魔呢？老兒年紀大了，壓壓這老魔還成，換個我只能捲鋪蓋裝沒看到了。妳叫這一山生靈死魂怎麼辦，啊？」

我只能低頭唯唯稱是，趕緊上酒。

「唉，我也知道年輕人愛玩，但碟仙這玩意兒呢，原本跟扶鸞降壇是一流的。」祂老人家嘆口氣，「但現在正經人家，為什麼不用這個了？就是偏邪又不穩定，才棄之不用。哪知道有人傳下來當玩意兒，禁了又禁，不聽話就是不聽話……」

這個時候的老大爺啊，還真像是一校的爺爺呢。

我猜唐晨說的「貴人」，應該就是老大爺吧？

我和唐晨和好，他跟我講了為何到這學校念書。他那個神祕的世伯幫他百般推算，只有這個學校可以免災。萬不得已，他只好棄了原本的志願到這學校來。

「……不遺憾麼？」說真的，我還挺同情的。

「也沒什麼遺憾的……只是，不能跟玉錚同個學校，有點擔心罷了。」他露出羞澀的笑容。

「嘖嘖，相思病沒藥醫唷～」我用手肘推推他。

「蘅芷，妳真是的。」他笑，招了招手，荒厄大喜過望的撲到他手上，貪婪的吸著他逸脫的生氣，發出怪模怪樣的呻吟。

「她說什麼呀？我都聽不到。」他笑著問我。

我的笑容凝固，尷尬起來。「……跟妖怪別走得太近。」

「但我覺得她很可愛呀。」唐晨神經異常大條的回答。荒厄這傢伙……發出一聲拉得很長很長的呻吟，拚命的蹭唐晨的手。

抓起唐晨的書包，我很不客氣的砸下去。金剛經加上聖經，希望可以讓荒厄清醒一點。

「別對她那麼凶啦。」這個被人當成食物的「唐僧」，居然替妖怪求情來著。

直到小戀衝過來捍衛主權，我才跟唐晨揮手道別，去圖書館。荒厄沒跟過來，涎著臉跟唐晨走了，像是被誘拐的小動物。

聳聳肩，我到圖書館做報告，原居民很熱心的指點，可惜他們教得幾乎都是錯的。畢竟五六十年前（有的到上百）要精通現在的經濟學需要預知能力。

但我報告還沒做完，正打算去吃飯時，荒厄氣鼓鼓的回來了。

「怎麼了？」我敷衍的問了句。

「……唐晨的女朋友，不是個好東西！」她整個被激怒了。

瞪了她一會兒，我思忖這是什麼意思。

荒厄口中的「不是好東西」可是非常複雜的。她這樣一個喜愛邪惡和罪孽味道的妖怪，對良善和溫柔都會過敏，當然覺得這種人「不是好東西」。

但她也不見得喜歡惡人，因為那種莫名其妙的貪婪和殺意她不懂，也覺得「不是好東西」。

但我只感到她的情緒激動而憤怒，夾雜一點厭惡和畏懼。亂得很，看不懂。

「唐晨的女朋友來學校啊？」我決定問比較顯而易見的事實。

「對啊！」她還是很激動，「是個討厭鬼！」

想了想，我還是決定不去找唐晨了。

戀愛中的女人有種奇特的占有欲和敵意，雖說我不是荒厄這樣可以看透人心的妖怪，但我和她相處久了，混雜也不少，略微感應這種負面情緒還是辦得到的。

我和唐晨感情不錯，是朋友。我們倆知道是怎樣的，別人不見得知道。最近八卦已經傳到我很煩了，若有一絲半點傳到她女朋友的耳裡，我還巴巴的找上門……豈不是雪上加霜？

還是平常的過比較乾脆。那是唐晨的女朋友，又不是我的誰。

主意打定，我哄著荒厄，想去找個僻靜點的地方讓她喝點血。她自從和魔交戰之後，癒合的很慢又很差，幸好唐晨大方（也可能是無所覺吧），得到一點生氣，她才好些。

但有些比較大的傷痕癒合得這樣慢，我很憂心。

「別一直割手指，看了討厭！」她把臉別開，可見心情很壞，連血都不喝了。

「喝一點嘛，很痛呢。」我打疊起精神拚命哄她。

她心不甘情不願的舔著，突然發起脾氣，「妳不如把身體養好，畫個妝穿個新鮮漂亮的衣服！想想怎麼把唐晨搶過來！妳不跟他結婚不想殺他，我又怎麼吃得到?!」

然後就開始鬧了起來。

妖怪的邏輯實在是……

「我跟他是好朋友。」我設法安撫她的怒氣。

「屁啦，什麼好朋友！我不管我不管，妳去把他搶過來！我就是不要那個壞東西搶走唐晨！」然後她聲嘶力竭的放聲大哭。

這下子，我倒是有些好奇了。

不過好奇歸好奇，我還是沒去尋找麻煩。但根據定律，麻煩總是會尋上門。

我準備回宿舍，才走到門口，就被唐晨和他女朋友堵到了。

所謂金童玉女不過如此，真是一對璧人。當然，這是外在而言。我終於知道荒厄為什麼會說唐晨的女朋友「不是好東西」……

我猜荒厄若生為人類，大概就是這個樣子吧？同性相斥，越相像的人（或妖）就越互相討厭。

一個生氣蓬勃、氣勢高昂，女王型的絕麗女子。我簡直想退避三舍……因為她有很良好的「天賦」，一種不自覺的「巫婆」。

生命力和意志簡直過度充沛。

這是第一個可以如朔般跟我以情緒深染溝通的人類……可惜是單向的。她嘩啦啦的將她的情緒像瀑布一樣對我灌頂，我花了不少力氣才把高牆擋起來，幸好我在跟荒厄相處的長久時光早就訓練良好。

表面上，我們客氣的寒暄問好，互道姓名，言不及義的聊著天氣和學業。事實上，剛剛的情緒接觸我就知道她很不屑我，認為我是靠裝神弄鬼接近她男朋友的醜陋女子。

原本她以為小戀就是「靈異少女林默娘」，沒想到是根雜草似的女生。

情緒洪流可以在很短的時間內溝通大量的資訊，所以我也知道了一些不該知道的事情。她並不是個壞人，持平而論。只能說她對自己的目標非常堅定，而且知道如何循序漸進。

愛情在她生命中不過是微小的一部分，畢竟她是女王。

接下去我就不知道了。因為我趕緊豎起高牆，省得知道更多不該知道的事情。

我猜唐晨也在她的保護範圍內。就算是妖怪和鬼魂也會被她嚇得能跑多遠跑多遠。

坦白說，我也想拔腿就跑。

我們交談了一會兒，她客氣又溫柔的請我多關照唐晨，我唯唯稱是，「同學嘛，彼此關照，彼此關照。」

好死不死，唐晨回頭問，「蘅芷，妳經濟學的報告寫了沒有？」

「寫得差不多了。」我心底警鐘大作，趕緊扯謊。

但這對唐晨這種愛心多到滿出來的人沒用，「等我送玉錚去搭車，回來幫妳看看。」

荒厄發出一聲得意的笑（這個時候她才敢出聲音），但玉錚小姐就變色了，雖然只有一下下。

「……明天看吧。」我乾笑，「晚上我有點事要去找朔。」

「那就明天吧。」唐晨親密的攬著玉錚，對她溫柔的笑，「我們走吧。」

她也笑得很甜蜜，但看了我一眼。

我發誓，若目光可以殺人，我已經倒地不起了。

*　　*　　*

朔是個巫婆。

這件事情除了我和荒厄知道，幾乎沒有人曉得。我不知道她師承何處，但絕對不是東方的路數。她對我特別青睞有加，我是受寵若驚。

託賴她的善意，我的破爛身體總算有沒病的時候，甚至有防身的武器。

（雖說讓我的荷包枯竭得非常嚴重）

我沒問過她的事情，既然她不想提。但她的確委婉的教我一些「常識」，譬如說「沐月」。

這是我自己瞎掰的名詞，她只說滿月前三天，都到她那兒曬曬月亮。的確這樣曬過月亮，我身體就會好多了。既然她沒叫我加入什麼宗教還是拜什麼奇怪的神，儀式簡單到接近無……那似乎也沒什麼不去的道理。

（重要的是不用花錢）

雖然不太喜歡夜裡出門，但這邊住了快一年，大家都知道我是老大爺罩著的人。真的垂涎唐僧肉的妖怪又忌憚我身上帶著的聖后香包，真敢來找我開桌談判的沒幾個。

畢竟白骨精的例子殷鑑未遠，大伙兒還是很愛惜生命的。

所以，我跟荒厄騎著機車，在布滿月光的山道上漫行。除了幾個搭便車的和跟我囉唆分唐僧肉的小妖怪，沒遇到什麼阻礙。

就在距離小鎮不到一里的山路上，突然安靜了下來，連蟲鳴都沒了。

正覺得奇怪的時候，荒厄突然掐緊我的肩膀，「蘅芷！」

我緊急煞車，被荒厄壓得頭一低，然後荒厄發出一聲慘叫。

我猜啊，我可能是騎機車騎到做夢了。台灣的山區呢，居然有頭碩大的母獅子橫在山路前面，嘴裡還叼著軟垂的荒厄。

「荒厄回來！」她飛快的回到我左肩，我想催油門，卻發現機車像是死了一樣。

母獅怒吼，我跟著尖叫，拉起彈弓打了她一彈，但她一點傷也沒有，反而更加激怒。

哎呀，哎呀……我將荒厄塞在我外套裡面轉身就跑。我來念大學呢，現實上用得到的學不多，學最多的竟然是眾生的種類。

上大學前，光妖怪和鬼魂我就苦不堪言了，結果上大學不但跟神（老大爺）打了交道，連魔都交手過了。

現在又添新品種……無比凶猛的生靈一枚！

但人家四條腿，我才兩條腿，跑沒多遠就被追上，可恨小鎮只在眼前了呀～

心想「我命休矣」的時候，我腦袋上面飛過一條黑影，阻嚇了母獅。

那是隻和母獅差不多大的黑豹。

瞬間我就有種身在非洲大草原的錯覺，這兩隻異常凶猛的生物開始廝殺搏鬥。

我很想趁機逃跑，無奈我兩條腿嚇軟了，跪坐在地上居然動彈不得。

最後黑豹在母獅的臉上抓了一把，惹得她暴吼連連，卻被黑豹的前腳壓在地上動不了。

這個時候，一隻嬌小的黑貓散步似的走過來，蹲坐在這對凶猛生物之前。

有天賦，不是這樣用的。黑貓說。

我不許任何生物侵犯我的領土！母獅大吼。

太侵略了。等妳懂得不可干預命運和平衡，再歸還妳的能力吧。黑貓輕輕喵了一聲。

然後那隻母獅子就不見了。黑貓望了黑豹一眼，那隻碩大的黑豹霧化，成了黑貓的影子。

那隻黑貓悠閒的走過來，瞇著眼睛，友善的頂了頂我的手。

「……關、關海法？」直到現在，我才認出來。這不是朔的黑貓嗎？

她喵嗚兩聲，跳到我機車上，讓我載她回朔的家。

朔對我輕笑，「今晚很刺激呀。」

「剛關海法說話了！」我激動的大叫。

「是喔。」朔淡淡的，「那倒很稀有。她向來惜言如金的。」想了想，她噗嗤一聲，「上回她主動說話，說她要改名叫『關海法』。因為她喜歡黑暗精靈書裡的一隻黑豹。」

……我是說啊，一隻貓會想看書本身就很稀奇，看到想改名那更是……

「別怪那個孩子吧。」朔看破世情的眼睛寧靜，「她擔心她的人被妖怪傷害，卻沒想過不是所有妖怪都是惡徒……更不該波及無辜的人。」

我愣愣的點頭，有些頭昏腦脹的。

第二天，唐晨沒來幫我看報告。

他女朋友搭國光號時睡著，因為緊急煞車撞破了臉蛋，可能有破相之虞，他連夜搭車去新竹探視了。

……就當作是這樣好了，很多事情，不堪深究。

不過我對唐晨就更客氣正經了。想要維繫我倆良好的友情，最好不要混到太親密，引發他那母獅女朋友的妒心。

坦白說，死人我還行，妖怪勉強上手，生靈（尤其是巫婆的生靈）我是一點皮條都沒有。關海法又不可能真的來當我護法，指望荒厄根本是緣木求魚。

「不是我壓妳的腦袋，叼在她嘴裡的就是妳的腦袋而不是我的！」荒厄氣得要死，「妳是什麼意思，吭？什麼叫做我不能指望？妳說啊妳?!」

我剛真的「想」得太大聲了。

後來又遇到幾次，我對她真是超級客氣的，她也禮數有加。我不知道她對自己的天賦有多少了解，說不定只當成一場夢。但她的確不再高壓式的用情緒灌頂，反而多多來學校盯梢，或者要唐晨去新竹看她。

這樣也是好事。戀情嘛，距離太遙遠容易磨損。讓那位母獅小姐有些警惕，才不會因為太多學長的示好而暈頭轉向。

「真的嗎？」朔有意無意的問，害我嚇一大跳。

「什麼真的假的？」我不太自然的喝茶，「唐晨能夠幸福比較重要。母獅小姐雖然滿可怕的，但唐晨這樣的體質和個性，是需要積極一點的伴侶。」

朔看了我一會兒，神情漸漸悽楚。「……蘅芷，妳並不是唐晨。」

「我當然不是他呀。」一下子我糊塗了。

「但妳想成就他，因為妳成就不了自己。」朔輕輕的搖頭，「這是不對的。」

我想抗辯，卻說不出一個字來，漲紅了臉。思前想後，我突然悲從中來。我最想要的一切，卻永遠都不會有。而唐晨卻擁有我最渴望的一切。

家庭、父母、朋友。

如果我會忌妒，說不定好一點。但我這個人，已經聽了太多荒厄說過的醜惡，聽到一只耳朵聾了。我連忌妒都不會，這很悲慘。

我喜歡唐晨，他是我最好的、僅有的朋友。既然我的人生這樣的破碎，盡一點點力量完整他的，有什麼不好呢？他又沒做錯什麼，就像我也沒做錯什麼。

彌補不了自己的破碎，難道不能完滿他的軌道？最少我可以小小的自豪一下，我最好的朋友，什麼都有，而我盡了一點點力量。

「這沒有錯。」我抬頭，「這樣很好。因為他給了我一份非常珍貴的大禮。」

荒厄忍住噁心的表情，用翅膀拍了拍我。

我知道她已經盡力了。

後來？後來一切如常啊。

唐晨還是我的好朋友，小戀依舊長在他身邊像水果。她真是夠遲鈍了……連母獅小姐都嚇不了她，不過母獅小姐從沒把她放在心上。

讓我有點毛毛的是，唐晨的母獅女友，一直都把注意力放在我身上，讓我超害怕的。

不過她沒破相，使我倍感安慰。萬一她那漂亮臉蛋有絲毫傷疤，她一定會跟我沒完沒了。

唯一值得慶幸的是，這個多災多難的學期又要結束了。可愛的暑假終於來臨。

回想這一學年……我真的熬得到下個學年嗎？

坦白說，我一點把握也沒有。

之十一　高人

本來我以為要補考還是暑修，沒想到我順順當當的all pass。我猜是老大爺受不了我在那邊添人口（和添亂子），所以相當程度的保佑，或者是校長感激的回饋，也可能是教授們一時豬油蒙了心腸……也可能是通通的總和。

總之，我可以順利的升二年級，不用花任何錢補學分，讓我感動得想哭。

但是暑假到來，我又有點犯愁了。二年級就不用照規定住宿舍了。雖說住宿舍老是被吵得頭昏腦脹，但實在便宜。老爸給的生活費，連應付生活都有點勉強了，更不要提我那昂貴的「消耗品」。

幸好有朔幫著，我省了醫藥費，馬馬虎虎對付得過去，想要搬出來住實在力有未逮。

但我被吵足一學年了，繼續二十四小時待命，我擔心我的精神狀況。懷著滿心憂思，又去打擾朔了。

我是無家可歸的那種人——雖然我老爸派加長型房車來接我我也不想回去。連打個電話他們都會嚇個半死。

暑假宿舍是不開放的，我除了提著行李來找朔，還真的沒地方可以去。雖然唐晨力邀我去他家裡……一來我的皮沒那麼厚，二來我被他那個凶猛的女朋友真的嚇破膽了。

妖怪鬼魂都沒這麼可怕，就算放符降頭我都還能應付。這種生猛爆辣的生靈我真的一點辦法也沒有

朔真是個好人……雖然是個巫婆。若不是她願意收容我，我只能流落街頭。

「對最後一個學生，總是比較溺愛的。」朔淡淡的對我說，「暑假才兩個月，妳就打工抵好了……房租就等學期開始再說吧。」

我張大眼睛，說不出話來。我不是個手腳伶俐的人，打工時打破的碗盤可能比

較多，幫不上什麼忙。

說是學生，我實在缺乏任何修煉的天賦。

「也對啦，妳身上寄生著妖，活著就是重大成就了，就算有一絲一毫的天賦也磨光了。」朔笑，「不是真的要妳當女巫……缺乏天賦會吃苦的。」

她比旁人還大的瞳孔注視著我，「但我不是只會教人當女巫……或者說，巫者不是那麼狹隘的定義。妳學得到什麼就算什麼吧……不用心底存個成見。」

哎，誰說我命不好呢？可能奇特了點……但我運氣總是很好。每每「山窮水盡疑無路」，馬上「柳暗花明又一村」。

遇到一些苛薄讓我受磨難的人，總會有些溫暖無私的人填補平衡。

「……沒有天賦我也會盡量努力。」我鄭重的保證。

她失笑，「不用太努力，隨心就是了。其實……沒有天賦也無所謂，妳已經是巫者了。」

……啊？

「巫者，不過就是溝通鬼神而已。妳不就這麼做了嗎？」她點了點下巴，「妳確定下學期要住在這裡嗎？我收的房租和宿舍相同，如何？」

我連忙點頭。

她笑得很美麗，但我心底有種微妙的違和感。

不過我很快就把這種違和感拋去了。暑假的頭兩天，我筋疲力盡的睡得胡天胡地，真是異常甜美的享受。

朔也縱容我這樣睡，偶爾幫我點個香爐，好讓我睡得熟些而已。

「這麼長的一年，妳累壞了。」第三天她才說，「但妳需要多曬曬太陽。」

她讓我幫她（或妨礙她）在香草園裡工作，也跟她學著製作香水蠟燭和小手工。你問我學了些什麼，我也答不上來。都是一些零零碎碎的小儀式和小故事，一直到情境符合我才會恍然大悟。

不過這時候的我，還非常享受這種安全靜謐的生活。在她充滿森林香氣的咖啡廳，我頭回有「家」的感覺。

雖然她常常對著我做出來的小東西發笑，說充滿「妖異的靈氣」，賣不得的。但她都很珍惜的收起來，說，百年之後讓人得了去，說不定會有大成就。

對這個我真的充滿懷疑。

這個暑假的開端，真的很不錯。

不幸的是，「好的開始是成功的一半」定律又發作了。

就在某個我昏昏欲睡的紮著香草辮的午後，唐晨到朔這兒拜訪我。

看到他我是很高興，但腦海裡浮現的卻是「大禍臨頭」四個字。

他笑得跟午後的陽光一樣，「嗨，蘅芷。妳看起來氣色好很多呢。」

……那當然。少了你這個麻煩精，我不用拿命去拚，氣色當然好啦。

不過我自然沒這麼講，只是乾笑兩聲，神經兮兮的望著他身後，「你好你好……母獅……我是說夏小姐呢？」

「玉錚？」他挨著我坐下，原本窮極無聊，成天在打瞌睡的荒厄立刻驚醒，歡呼著撲進他懷裡，整個像是吃了貓薄荷的貓，又呻吟又磨蹭的……我都替她不好意思。「她出國遊學啦。妳知道的……我不是那麼方便去旅行。」

我緊張的神經放鬆下來，把荒厄從他懷裡拖出來，往後面一拋，她一面罵著又一面撲回來，「抱歉抱歉，有失管教……」

「沒關係啦，我看到她也很高興啊。」他親暱的撫了撫荒厄的頭髮。那隻死妖怪整個癱軟在他身上，一副欲仙欲死的模樣。

……你如果知道她的最終極目標是拿你下肚，還會這麼高興嗎？

不過我不想在他心底添無謂的陰影。「天這麼熱，怎麼跑了來？」

「找妳出去旅行呀。」他泰然自若的說。

熱死人的天，有什麼好旅行的……年輕人就是年輕人。

……我好像跟他同年。

不行，我一定要改善人際關係，不能這樣小老太婆下去了。「哦，還有誰呀？」我一面紮著香草辮一面問。總是要先過濾一下名單，隊伍裡一個人惹麻煩就夠了。

「就妳跟我。」

我手裡的香草辮掉到地上，臉孔的血液通通竄逃。

這個……這個，我不是不相信唐晨，而是我不想被母獅開腸剖肚大卸八塊。我想過我可能會死得很慘，但不是這種慘法！

「好好好像不太合適吧？」我的聲音都發抖了。

「啊，妳誤會了啦。」他笑起來，「我要去台南找一位長輩……他是中醫。我想妳身體不太好，順道讓他看看。」

彎腰撿起香草辮，順勢擦了擦額頭的汗。這大概就是死裡逃生的滋味。

「當天來回？」我小心翼翼的問。

「台南離這兒又沒多遠，我開車呢，放心吧。」他笑得粲然。

暗暗鬆了口氣，「我去跟朔說一聲。」

朔沒說什麼，只要我多帶套衣服。

「當天來回欸，帶衣服做什麼？」我開始有點不安了。

「就當作是『未雨綢繆』吧。」

我想多得點資訊，但朔滿眼無辜。「不帶也沒關係呀，真是的，小孩子想那麼多。」

我被她清純無辜的眼神說服了，雖然沒多帶套衣服，但我拎起了外套，還不太放心的清點彈弓和月長石存量。

事實證明，朔說得每個字都是有意義的。同時證明，唐晨本身，就是個會走路的「大禍」。

這幾天的天氣預報都是晴天，甚至還要求節約用水，因為恐怕會出現乾旱。

但我們車行才進入台南市區，轟然的大雨就像冰雹一樣砸下來，聲勢浩大。等停在唐晨長輩家附近，短短不到十公尺的路，我們兩個已經成了徹底的落湯雞。

原來，朔的「未雨綢繆」是這樣的意思！

我們兩個倒楣的落湯雞，就這麼狼狽的去按電鈴。唐晨才剛按到，大門就開了。

但我走不進去，荒厄更是尖叫一聲，乾脆的鑽進我的外套裡面。

一個瘦瘦高高的中年人倚著門，看著我（和荒厄），輕輕笑著，「小晨，你交了這麼特別的朋友呀？」

「伯伯，她們都是好人。」還在滴水的唐晨趕緊保證，「幫了我很多忙。」

他劍指伸過來，我真的想趕緊跑掉，寧可淋雨。但我是能走到哪去呀？

這位伯伯在我身上晃了兩圈，我突然覺得壓力一鬆，差點跌進本來進不去的門裡。

頹著肩膀，我抱著簌簌發抖的荒厄，垂頭喪氣的跟了進去。這位伯伯很好心的找了衣服給我們，催我們去洗澡。

他們家洗澡水，不知道為什麼有艾草味道。要不是受朔的薰陶久了，我說不定也跟著荒厄一起吐。也是我喝了很久的花草茶，荒厄從待不住到勉強接受，所以乾嘔兩聲，也就過去了。

穿上寬大的像是道袍的衣服，明明知道很乾淨，但覺得似乎會刺人。

種種跡象彙總起來……這位據說是中醫的伯伯，大概就是唐晨的世伯，那位神祕的高人。

……早知道是來找這位高人，打死我也不要來。

結果我們洗好澡，像是待宰的羔羊，瑟縮的坐在客廳裡等待我們悲慘的命運。

沒想到這位高人世伯很和藹的幫我把脈，望聞問切，一個字也沒提荒厄或妖怪。「妳的體質陰虛的厲害，但已經有人開藥調養了。」世伯沉吟了片刻，「不過……病根不除，終究治標不治本。」

很快的，我說，「我不要除病根。」

他詫異的看我，眼神深沉起來。「有病就該治好。」

「她是我的問題。」我手心開始冒汗了，在這種節骨眼，我才發現自己真正的心情。快速的，我把我的八字報給他，「我是無親無故，六親不靠，四海飄萍的命。我有什麼？我有的只有這個『病根』罷了！」

縮在我懷裡的荒厄猛然抬頭看我，我卻沒有看她。

是啊，我有什麼？我什麼都沒有。沒有家、沒有親人，連唯一的朋友都得小心翼翼的相處。

真的一直跟著我的，除了自己的影子，不就只有一隻叫做荒厄的妖怪嗎？

若連她都沒有了，我這個人真的是太悲慘太悲慘了。

我落淚了，唐晨趕緊遞面紙，低聲安慰我。其實我不是那麼愛哭的人，這一年掉的眼淚搞不好比我十幾年來加總還多。

世伯沉默了片刻，默默的推算我的八字，眉頭越皺越緊。

「你們來這麼久，連杯水也沒有。」世伯喚著唐晨，「小晨，去幫我煮個咖啡。冰箱裡的綠豆湯也幫我熱一熱，遭了雨氣，喝點熱的去寒。」

他乖巧的應了一聲，就轉到後面去。

世伯瞅了我一會兒，輕嘆一聲。「妳這命……果真如此。我不該為了私心，讓唐晨去了那兒，讓妳憑添一層災厄。」

驚訝的看他。他的意思是……我正是唐晨的「貴人」？

「……也不差這一點。唐晨不會有事的，我扛起來了。」我含含糊糊的說。

他的眉頭皺得更緊。「沒這麼簡單……但的確去了不少凶險。唐晨這孩子命裡沒有姻緣……」

「我不是為了什麼姻緣才這樣做的！」我厲聲。

我凶什麼凶啊?!只是我很討厭別人以為我是為了什麼才扛下來，根本不是這樣！我不想獨占唐晨這個人，莫名其妙！

勉強放低了聲音，「他是我朋友。第一個……認真要當我朋友的人。他一定會有姻緣，真正沒有的是我！我希望他好好的，就這麼簡單！別老往那種奇怪的地方想行不行?拜託……」

「……妳是個很好的女孩，真的很好。」他肅穆的說，「唐晨跟妳沒姻緣之份，是他莫大的損失。」

「有朋友的份就好得很了，我不會去奢望那些有的沒有的。」我吸了吸鼻子。

他嘆了一口氣，像是想說什麼，又沒能說出口。

我才不想知道他要說什麼。他別對荒厄動手動腳就行了。唐晨和荒厄，在我心底的份量是一樣重的。

我到今天，才明白這個道理。

結果沒辦法「當天來回」。

因為雨越下越大，一副強烈颱風的模樣。我實在不想面對母獅小姐的怒氣，但世伯再三保證（？）不會有事，所以我們留下來過夜了。

我跟唐晨的房間離得滿遠的，他和世伯還在聊天，我就覺得倦得不得了，先去睡了。

荒厄整天都沒講話，我都懷疑她是不是生病。

等我躺下，她站在床頭，才冒出一句。「怎麼辦？我又想哭，又想吐。」

「那就又哭又吐好了。」我冷冷的回她，背過身去面著牆壁，「別吐在我臉上就行了。」

「妳這麼一沒心肝，我又沒事了。」荒厄詫異的說。

……保這個白痴妖怪做什麼呢？真的有病的，是我吧？

我一定有被虐狂。真是令人難以啟齒的毛病。

*　　*　　*

第二天，大雨如故。

但真的不能待下去了，荒厄不舒服，其實我也不太舒服。這個屋子每個地方都在排斥我們這兩個有妖氣的東西。

世伯掐指算了半天，眉頭緊皺。最後廢然長歎，「我也干涉過甚了。」

他對我笑笑，鬆開眉頭。轉身去尋了一會兒，遞了一把小小的木劍給我。「命呢，絕對不是寫死的。」

對於不能看穿情緒和心的人，光要聽懂他們的謎語，我就覺得很吃力了。遲疑的接過木劍，還沒有我的中指長呢。不過靈氣很可愛……還是該說妖氣？

「謝謝。」我謹慎的彎腰。

「我就此放手了，小晨。」他頗有深意的說，「以後你的命運，就看你們的了。」

他這話怎麼聽就怎麼怪。我還滿腹狐疑的時候，就上了唐晨的車，開進大雨之中。

然後我體悟到一個道理。

所有的高人，講話都高來高去，但絕對是有意義的。朔如此，世伯也是這樣。不過他們不會明明白白的告訴你。

等我了解到這點時，已經有些後悔莫及了。

從那時候起，我對高人都抱著一種奇妙的恐懼。

之十二　七日雨

我在北部長大。台北是個溼漉漉的城市，一年四季心情到位，就會聲嘶力竭，轟隆隆地拚命下雨。

我自從來南部上大學，幾乎都是風和日麗，晴空萬里的。偶爾有陰天就算壞天氣，就算下雨，不過半天，綿延個一日一夜都覺得下太久，除非是梅雨季節。

現在是暑假，距離農曆七月很近，梅雨季早過去很久了。

但這場雨，從昨天下午下起，到今天早上還是氣勢浩大。也不見有什麼颱風或低氣壓，一整個極度詭異。

我和唐晨共撐一把傘到車子那兒，十公尺不到的距離，我們倆就半溼了。

狼狽的爬進車裡，從擋風玻璃看出去，只見一片白茫茫，能見度非常低。我開始懷疑，這樣的天氣真的是適合開車的好時機嗎……？

了。

「到朔那兒不用一個小時，放心吧。」唐晨微笑，發動了車子。

這個時候我們還不知道，這一個小時，還真是一個小時又接一個小時，沒完沒了。

等到了中午，我們兩個才開始覺得不對。下雨天開得慢是真的，但也沒慢到這種地步。等我們停下來準備吃飯，一打聽，發現我們已經到了台中。

……為什麼會過家門而不入？我們又不是大禹！

我心底的不祥越來越深，隨著時間的過去，也越來越不安。我仔細幫看著指示牌，確定我們南下無誤……但順著路拐幾個彎，我們越走就越迷茫，等停車問路時，我們到了新竹。

這……這不是一路越發北上嗎？

最後我們決定上高速公路。明明是南下車道，但映入我們眼簾的，居然是大大的「桃園」。

「……不可能。」唐晨喃喃著。

一整天，我們都在北上南下當中擺盪掙扎，就是找不到回家的路。等過了十一點，我們已經累到不行，開車的唐晨更是疲倦，眼睛底下有淡淡的黑眼圈。

現在我們不知道到了什麼荒郊野外，大約在桃園以北。下了交流道以後我們已經迷失得很徹底，GPS很乾脆的當機了。

我望著荒厄，荒厄也迷惑的望著我。我知道妖怪不是無所不知的，但最少知道的比我們多。連她都這麼不解，我更覺得茫然。

最重要的是，我們已經遠離老大爺的管轄範圍，沒人罩了。

雖然我很害怕被母獅小姐凌遲，但我更不想因為司機疲勞過度產生什麼意外。這片荒郊野外出現一個很大的汽車旅館時，唐晨有些尷尬的問我，「……過夜再走，如何？」

我只能無奈的點頭。

和藹可親的櫃台小姐說只剩一個房間，將鑰匙遞給唐晨。

……我好像走入一個精緻的陷阱。當然，陷阱不是指唐晨。

這輩子還沒來過汽車旅館哪……真沒想到，浴室連門都沒有，省建材也不是這麼省的。

不過我們倒沒很尷尬。一個去洗澡，另一個就趴在窗邊看雨。除了荒厄興奮起來，嘮嘮叨叨的提醒我是好機會，我拿唐晨雨溼的書包砸她，就開始充耳不聞了。

她沒趣的轉了兩圈，開始去串門子，偷窺八卦。轉了左右兩間，她滿眼疑惑的回來：「他們不是來偷情的，跟我們一樣，都是迷路的。」

「……欸？」這吸引了我的注意力。

「我再去看看。」她興致勃勃的飛了出去。但她這一走，等唐晨洗完澡換我洗，洗完擦乾頭髮，還不見她的蹤影。

這汽車旅館是不小……但怎麼會一去不回？

「荒厄，回來！」我喊。

她突然出現在我左肩，一臉的眼淚鼻涕，全身顫抖，連上下牙都拚命打架。

「……怎麼了？」

「那那那那那個那個……」她抖得跟個篩子一樣，「劍劍劍……劍龍……」

一時沒想到，我趴在窗戶朝外望。剛好跟一個漂亮有英氣的女生四目相對。

這人……好眼熟呀……

「養鬼者！」

「阿琳？」

所謂冤家路窄，我怎麼就又遇到那個滿心拯救世界的神經病？

饒是我急縮頭，還是被那隻長角蛇割了幾根頭髮。來不及掏彈弓，抓著唐晨的書包將那長角蛇砸出去，用力關上窗戶。

她還在大雨中叫嚷，隔著窗戶已經低聲許多。

「快滾！」我也吼，「當心我叫警察！」

「……警察？」荒厄扁著眼睛看我，「妳不自己打發，叫警察？」

我一時語塞。「……這是有王法的地方。」

聽見騷動，唐晨湊過來，「……妳認識她嗎？好小的龍呀……」

唐晨真的被我影響太深，連那種東西都看得到了。我隱隱冒出一種不安。現在他看得到多是妖怪（或妖物），但似乎還看不到鬼魂。

但比起鬼魂，妖怪真的少很多。我擔心他會不會開始越走越深，一點都不期望他真正的進入裡世界。

阿琳開始很不客氣的踹我們房間的鐵門，打斷了我的思緒。

「我看還是叫警察好了。」我咕噥著要去撥電話。

「別這樣，有什麼誤會說不開？」唐晨披上外套，「我去跟她談談。」

「她是瘋婆子！」我追了出去。

他堅定的把我往房裡一推。「我跟她談就好啦。妳們互相生氣，現在說說不就又要吵起來？人都是可以講理的嘛，別在氣頭上的話。」

輕輕的，他把門關上。明明知道他是個溫和的人，但有時候有種威嚴會突然冒出來，讓人不得不聽他的話。

我緊張兮兮的聽著動靜，荒厄跟我一起貼著玻璃窗。沒聽到什麼喊喊叫叫，只有唐晨溫和又耐性的聲音。

過了一會兒，唐晨進來了，他看起來神情愉快，「她的小龍啊，真是奇特呢。據說是『聚靈化神』，本質上本來是劍靈，轉化成龍氣，很神奇吧。」

我的頭髮大概都豎起來了。這種法門，看守的死緊，阿琳那種神經病怎麼會到處說？我有些糊塗起來。「……她還說啥？」

「沒什麼，就誤會而已。荒厄很好啊，又可愛，而且還救過我。我跟她保證妳們都是好人，誤會解開來了。她還讓我看小龍呢，小龍棲息在我手上的感覺真奇妙呀……」

荒厄幾乎是立刻衝進他的懷裡，又磨又蹭，「我的我的，全部是我的～嗯哼～」

但我只覺得頭昏腦脹。

我還以為我了解唐晨呢，其實不然。說不定有什麼奇特的力量我感受不到……

吧？

「她怎麼會在這裡？」我還是想弄明白。

「跟我們一樣，迷路，GPS當機。」唐晨聳聳肩。

雖然滿心疑問，但我們累了整天了，很快就安排睡下。我將棉被給他，他在地毯上裹得像個蠶寶寶，逗我發笑。

躺在床上，和地鋪裡的唐晨對著臉，有一搭沒一搭的閒聊。先是談我們過往不可思議的災難，交流一些保命的小偏方。後來講看過的書，當我知道他是把古文觀止當小說看的人，覺得更是親切。

「蘅芷，妳將來想做什麼？」他朦朧著眼睛問。

「你想做什麼？」

「基金管理經紀人之類的吧。」他露出可愛溫和的笑容，「我喜歡跟人接觸，幫他們過得更好。」

……這樣的志願倒還滿腳踏實地的。

「我喔……」想了一想，「大概去某個宗教機構當會計或行政人員吧。」我含蓄的說。

跟老大爺相處，我深深體悟到，我是要靠人罩的。但我不可能以鬼神溝通謀生，天賦拿來掙錢是不對的，特別是這種天賦。但離得近一點，在能力範圍幫幫人，倒還可以。

「說不定去鹿港找份工作。」我說。

「滿適合的啊。」他輕笑，乾淨得像是水的聲音，「剛好我命底安定的都市是台中。我們離得近，可以來來去去吃飯喝茶。」

你那母獅女朋友不會把我大卸八塊的話……不過我也願意承擔這種風險啦。

聊到最後，我們睡著了。

然後，我做了一個非常奇特的夢。

我在一個很小，但很深的水窪裡。

說小，手臂打直就可以觸到兩邊的岩壁。說深，深到我抬頭還看不到出口。水很冷，而且帶著腐朽的死氣。

放我出去，放我出去！

但這絕望的聲音並不是出自我的口中。污濁混著青苔的淤泥，一雙金黃色的瞳孔灼灼的看著我，瘋狂而悖亂的。

突然逼得非常非常近，憤怒像是熔漿般噴灑，讓我招架不住，「放我出去！」我也跟著尖叫。大量的情緒瘋狂的澆灌下來，滾燙異常的。我拚命想把高牆豎起來，卻發現被擊潰。毫無意義的大喊大叫，卻沒辦法擺脫這種痛苦的折磨。

直到那個東西轉頭，張開血盆大口，把目標轉向一個籠罩著陽光的人。

……是唐晨。

「住手！」我怒吼，搧翅而起，利爪不斷的抓向原本讓我恐懼得幾乎死掉的龐然大物，「住手住手住手住手！那是我的！全部都是我的！住手！」

滾燙的血液噴濺，我卻什麼感覺也沒有，讓狂怒主宰了我的心胸。

「荒厄……蘅芷！」唐晨突然伸手抱住我。

我低頭，看著我的腳不見了，而是一雙利爪。我和荒厄合而為一了。

「這是夢！」唐晨動搖著我，「快醒來！」

* * *

我們三個幾乎是同時醒來。

唐晨掙開棉被就撲到床上搖我，並且開了燈。我看著他眼底的驚懼，輕輕的吞了口口水，小心的摸著微微熱痛的臉。荒厄擠了過來，皺著臉孔。

她的腳爪開始出現水泡，像是被燙傷。「嗚……嗚嗚嗚……」她一向直率，說哭就哭，「好可怕唷……」

沒多久，我的臉孔疼痛的地方也出現了燙傷似的水泡，雖然很小。誰也不敢睡覺了，我們裹著棉被，靠在一起，緊緊握著手。荒厄硬擠在我們中間。

荒厄說，她從來沒有做過夢，這是第一次。

我們像是受驚的小動物，擠在一起發抖，到天快亮的時候才打了個盹。卻又被強烈的地震搖醒。

地震很短，不到一分鐘吧？但足以讓我們搖得站不起來。還聽到隱約爆炸的聲音。

到這種地步，我們只想趕緊逃離這個鬼地方。緊急梳洗以後，才下樓，就聽到外面一片吵鬧聲。

聽說主要道路因為地震坍方，連產業道路的橋樑都斷了。我們進退失守，被困在這邊了。

旅客們都吵鬧起來，汽車旅館的老闆出來安撫，請我們去用餐，保證房價會打折。有的不信邪的旅客又垂頭喪氣的把車開回來，說真的無路可行。

這家汽車旅館居然有不小的餐廳，沮喪的旅客邊發牢騷邊用早餐。唐晨和善的個性在這種災難中得到發揮，沒多久，他就和陌生人熟稔起來，本來浮動的人心又安定下來，明明他自己很不安的。

不一會兒，大家就開始說笑聊天，還有個路過的成衣商乾脆拍賣起衣服，大家還滿捧場的，後來成了小型拍賣會，氣氛變得很熱烈。

「有衣服可以換了。」唐晨笑著揚揚手裡的運動服。

我倒很羨慕他這樣的樂觀。

「我們會在這個地方聚集，一定是有意義的。」他說。

我也想過這個問題，還有那個可怕的夢。但我想不出有任何共同點。這些旅客來自天南地北，職業五花八門，除了阿琳那個神經病，全都是凡人。勉強找得出共同點，除了我和唐晨，其他人都是單人出遊，而且都會抽菸。

但這也沒有任何規律可言。

「所有的渾沌，都一定有其規則，只是妳還不明白。」朔這樣說過。

看著沒有止盡的雨絲，我想到朔說的「未雨綢繆」。她說得每個字都是有意義。

這一切，又是怎麼開始的呢？

或許從唐晨來找我的那一刻起，就已經啟動了某個事件。

唐晨來找我的時候，我正在做什麼？

我正在紮香草辮。

這麼說可能有人會不明白。香草辮就是用香茅這種草編成辮子，用意是拿來潔淨的。點了香草辮，從腳底開始薰煙，然後在身上繚繞。據說是印第安那邊傳來的潔淨儀式之一。

……菸草本來也是這類儀式中的一環。只是近代成了嗜好品而已。

這些，都是崇拜神靈的儀式中必備的物品。

我模模糊糊的好像抓到了什麼，卻又組織不起來。

那天晚上，我們又做了類似的夢。但這次溫和多了。只是那種絕望讓人感到悲哀……我們一起清醒，又都擠在沙發上不敢睡。

遠遠近近的，同住在旅館的旅客們在睡夢中呻吟呼喊。但他們對夢的記憶總是很淺。

「你到底要跟我們說什麼呢？」我自言自語著，「最少也標個地標吧？」

第四天，還是雨。

旅客們無精打采，精神委靡，連唐晨都有點蒼白。下雨天心情容易低落，又被困住，開始有人爭吵，摩擦也越來越多。

等到午餐的時候，氣氛已經沉悶到惡劣的地步了。

一聲暴起的尖叫劃破了這種沉悶，接著此起彼落。連阿琳都跳到桌子上。

我瞠目看著幾條蛇施施然的在地板上游動，然後鑽了出去。

這還真是百年難得一見的奇景。不知道哪來那麼多蛇，通通湧進了這家汽車旅館。浩浩蕩蕩的，在車道的最中間聚集，遊行似的往同個方向前進。

站在玻璃窗前面，我發愣。模模糊糊的情感色塊帶著悲痛，一聲聲若有似無的衝擊。

「啊，朔，妳說我是巫者。」我喃喃著，「但我一個人不可能成巫。巫需要兩人以上啊……」

我轉身跑了出去。

荒厄大叫，「妳要幹什麼?!妳明知道……」

「是啊，我知道。」但我實在沒辦法看著無辜者被囚，他都向我求救了……雖然手段有點暴力啦。

在大雨和蛇堆中跋涉，那些蛇已經高高的堆起來，像座小山。

我有種啼笑皆非的感覺。我是說過要個地標，但這等異類真的異常魯直。他還真的用千萬條蛇構成一個絕對不會搞錯的活地標。

「龍行，必伴隨狂風暴雨！」我對著那個活地標大叫。

當場立刻打了個霹靂，震得我耳朵嗡嗡巨響。那些蛇像是退潮般，又跑得一條都不剩。

唐晨跑過來，看著我在水泥地上摸來摸去。

「妳在找什麼？」他大聲說，因為雨聲快壓過他了。

「一定有個蓋子什麼的……」我也大聲回他，「去找個鐵鍬還是鋤頭，我要打開這水泥塊！」

旅客也都跑過來，「你們在做什麼？」

「不要聽她的，不要聽她的！」荒厄大喊大叫，「底下是快要成龍的蛟啊！會起大水的！」

雖然沒有其他人聽得到她，我還是回答了。「底下有條快要成龍的蛟。我不知道他為什麼被困在這裡……救他出來，可能會起大水。但不救他出來，他的眼淚一樣會起大水！我們被困在這兒幾天就受不了了，他可不知道困了多久了！」

大雨滂沱，雷霆不斷閃動，隆隆作響。

旅客們淋著雨，好一會兒沒聲音。唐晨無奈的跑過來，「蘅芷，老闆不肯借鐵鍬，說我們亂挖要告我們。」

「有膽一起告好了。」一個大叔呸出嘴裡的檳榔渣，「小哥，我車後頭有電鑽，一起來扛吧。」

旅客們齊齊動作起來，連討厭妖怪的阿琳都來幫忙。

我們會齊聚在這個地方，一定有其意義的。

電鑽鑽沒多深，就鑽不下去了。薄薄的水泥底下，是一個四四方方的大黑石塊，像是個蓋子蓋住。

但有個奇特金屬材質的鎖，讓那個黑石板打不開。不管用槌子又敲又砸，紋風不動。

但底下滾燙的悲鳴哀求，已經讓許多人和著雨淚下。

難道我就這樣束手無策？都到這種地步了！我憤而拉彈弓，但沒有任何用處。正絕望時，卻摸到世伯給我的小小木劍。

他說，「我也干涉過甚了。」

……他指得不只是唐晨嗎？

嘗試的，我用小木劍劃過鎖，像是切豆腐似的，應聲而開。遠遠近近一片驚噫，連我自己都嚇到了。

奮力推開大黑石板，很深很深的地方，有微弱的水光。

「你自由了！」我大叫。

底下傳出歡呼，卻夾雜著幾許悲痛。他著情緒宛如狂暴海嘯，我真的會被淹死。他很欣喜可以脫困，但被困太久，已經不辨上下，沒有方向。

唐晨探頭來看，他痛苦又歡欣的大叫一聲。

「阿琳！妳的龍借我！」我對著她吼，「叫妳的龍到唐晨的手上！荒厄到我這裡來！」

我想啊，我和唐晨，對失去方向和日月的龍來說，就像是陰與陽。舞龍不就要有個龍珠（彩球）指引方向麼？我跟唐晨就是扮演這個角色，讓久困的龍，得已前行。

由蛟蛻龍的那一刻，真的非常非常、難以形容的震撼與美麗。妖怪啦、鬼魂啦，龍或蛟。說真話對人真的沒什麼用處。但這世界就因為這樣複雜混沌，才充滿曖昧、晦暗卻又光亮的色彩。

剛鑽出來的蛟，像是巨大的泥鰍般，身上還都是難看的泥土色。但他發出比雷嗚還深沉悠遠的龍吟時……那些泥土色的鱗紛紛剝落，露出底下泛著藍的金鱗，任是什麼了不起的畫家也畫不出來的絕色。

他蜿蜒而矯健的隨噴湧而出的水柱上下，使盡全力發出一聲極致喜悅的猛烈吟嘯，被這聲音震得沒人可以站立，但所有的人像是被迷住了，激動的掛著滿臉的雨和淚。

「人子，人子啊！」他海嘯似的情緒實在令我吃不消，「吾困於人子之手，又脫困於人子之手。恩怨兩清，兩清！」

我和唐晨不約而同的對他低頭，其他的人因為畏神，在滂沱大雨中膜拜不已。

龍發出非常響亮的笑聲，「但吾欠汝等如此敬意！」

他問我們要什麼願望，我是說我沒什麼願望。我要的願望呢……因為不想重新投胎，所以算了。唐晨倒是說他想平安回家。

「儘容易。」他把我和唐晨，還有荒厄，甚至連車子都一起捲上天空。

我突然非常懊悔。我應該早點提醒唐晨，龍和妖怪這種東西，都是一根肚腸通到底的，極度的字面解釋。

他根本沒考慮我們兩個凡人哪熬得住這種快速飛行，半路上我們倆就昏過去了。

我和唐晨在台北某個公園被發現，兩個人溼漉漉的，緊緊抱在一起昏迷，車子在水池裡載沉載浮。

嗯，距離唐晨的家不到一百公尺，而他女朋友正住在他們家對門。更巧的是，他那母獅女友提早回國。

我已經不想去提那場混亂了。我在醫院躺到第二天就哭著求朔來救我，因為晚上有爪子抓門的聲音，還有野獸的低吼。

「關海法收回她的天賦了。」朔的聲音像是在忍笑。

「我可不敢這麼肯定！」我哭叫。

不過她還是來接我了。我只能說朔真是太好了。

接下來的暑假，真是黯淡極了。每天過了午夜，就有大型貓科動物的虛影在咖啡廳外面晃，我都覺得有點精神衰弱。

荒厄吃了龍氣又挨了寒，病奄奄的，可惜病的只有身體，那條舌頭還是成天聒噪個不停。

「這麼好的機會妳都不知道要把握，把他吃乾抹淨不就沒事了，還救那條死龍害我成天躺著，妳有沒有一點良心還是被狗啃了……」

我右耳的聽力也大概保不住了。

等開了學就好了吧？我想。

我住朔這兒，唐晨住學校。除了上課會碰到，其他的時候就沒啥交集。他那位可怕的女朋友也該安心了吧……

開學前幾天，我終於知道朔為什麼笑得那麼美麗。

她把咖啡廳樓上另一個空房，租給了唐晨。

……我、我我我……我真的活得到畢業嗎？不，先不要想那麼遠……我是說，我能活過二年級嗎？

「朔！」我帶著哭聲嚷。

「我可是先問過妳囉。」她眨眨眼睛。

「……你們這些高人，真的好可怕。」我哭了起來。

（荒厄暫時完結）

作者的話

首先，我要鄭重的說，別跟我要第二部。因為這部本來是寫娛樂的，但為什麼寫娛樂變成得出書，我自己也糊里糊塗。

本來是跟老闆喝個茶，他泰然自若的問我荒厄幾時出書，我馬上困惑了。

「有要出書嗎？」

「為什麼不出呢？」

「寫娛樂的啊。」

「寫娛樂的出書也沒什麼不可以吧？」

不知道是我太缺乏與人交際的本事，還是老闆真的很厲害，我還沒怎麼搞清楚，就答應要出書了。

回家我抱著腦袋想了很久，想不出個所以然來。

所以本來是不打算出書的娛樂之作，突然要出書了……請讀者原諒我的出爾反爾。Q_Q

（是說我也沒怎麼搞得清楚到底是怎麼回事……）

當初會寫荒厄，其實是為了回饋ptt的marvel板（所謂的飄板）。剛開始的起源只是一幅浮現在腦海裡的畫，貌不驚人的小女孩，肩上棲息著邪惡的人面鳥。

剛好我一月份放大假，放著放著就開始胡思亂想，出現了基本設定。想想我看了很久的marvel板卻沒有絲毫貢獻，實在不太好，於是我就很即興的寫了楔子，然後是之一。

寫了之一，後面的故事就陸陸續續冒上來了，也幾乎架構完成，等我整體想過沒什麼重大bug，就很隨性粗率的寫上去，不像準備出版的作品那麼推敲嚴謹，在此我先行致歉。

但是荒厄卻跟我之前慣寫的舒祈世界或任何設定都沒有關係。甚至我覺得這只是很普通的校園靈異故事。但我是想輕鬆而愉悅的寫，所以不去架構很大的設定。許多都是取材於民俗信仰和流傳已久的都市傳奇或鬼故事，有些是從西遊記消化來的。

這樣作其實很偷懶，讓我汗顏的是，因為一開始只是準備自娛娛人，所以沒考慮太多。等木已成舟的時候已經來不及改動任何設定了。

但不管怎麼樣，我很喜歡女主角衡芷，和戾鳥荒厄。我本來就喜歡堅毅型的女子，而這次，我加入了更多專屬於她的口吻和個性。本來我擔心這樣瑣碎的表達會不會讓讀者不耐，不過似乎是我過慮了。

我刻意放了許多成語在她的口裡，想塑造一種小老太婆兒似的語氣。實驗的結果我是滿意的，或許讀者沒有發現，但我玩得很過癮。

這個不怎麼漂亮，武器居然是彈弓的眼鏡娘，應該是讓我最心疼的可愛小孩子吧？

只是我真的很想知道，為什麼只是寫好玩的會變成要出書呀……（哭）

不要跟我催第二部，我真的還想多活幾年……我的稿債早已債台高築，真的不能多這一本了……

蝴蝶2009/2/17

Seba · 蝴蝶

國家圖書館出版品預行編目(CIP)資料

荒厄〈卷一〉 / 蝴蝶Seba著. -- 三版. -- 新北市 :
雅書堂文化事業有限公司, 2023.01
冊； 公分. -- (蝴蝶館 ; 26)
ISBN 978-986-302-654-9 (卷1 : 平裝)

863.57 111020713

蝴蝶館 26

荒厄〈卷一〉

作　　者／蝴蝶Seba
發 行 人／詹慶和
執行編輯／蔡毓玲
編　　輯／劉蕙寧・黃璟安・陳姿伶
封面插畫／PAPARAYA
執行美編／陳麗娜
美術編輯／周盈汝・韓欣恬

出版者／雅書堂文化事業有限公司
郵政劃撥帳號／18225950
戶名／雅書堂文化事業有限公司
地址／新北市板橋區板新路206號3樓
電子信箱／elegant.books@msa.hinet.net
電話／（02）8952-4078
傳真／（02）8952-4084

2023年01月三版一刷　定價240元

經銷／易可數位行銷股份有限公司
地址／新北市新店區寶橋路235巷6弄3號5樓
電話／（02）8911-0825
傳真／（02）8911-0801

Seba · 蝴蝶

Seba · 蝴蝶

Seba・蝴蝶

Seba·蝴蝶